# Il fantasma di Hillcomb Hall

Arcani incantesimi, Volume Secondo

Joshua Ian, Cristina Massaccesi
[Traduttrice]

Moody Boxfan Books

# Contents

# Il fantasma di Hillcomb Hall

## Inghilterra, 1910

I tuoni scuotevano il cielo, e le nuvole gonfie, macchiate di grigio per la minaccia di pioggia, si stringevano tra loro, affollando il cielo e incombendo minacciose. Quando la pioggia cominciò a cadere, si trasformò presto in un torrente, in un grande muro d'acqua tutto intorno, bloccando loro la vista e facendoli sprofondare quasi nell'oscurità.

Visto il tempo, Jonas Laurence si congratulò con se stesso per aver avuto il buon senso di ordinare una Austin con il tetto coperto. Sospirò frustrato per l'improvvisa oscurità, chiuse il libro che teneva in mano, *Doni per lo Sceicco*, e lo posò sul sedile. Non riusciva a concentrarsi sulla lettura, o su altro, e si sentiva avvilito. Di solito, a quel punto di un potenziale lavoro, la sua testa era piena di idee su cosa avrebbe potuto fare con i terreni del cliente. Come avrebbe potuto creare qualcosa, mettere in pratica le tecniche più recenti, e trasformare le scintille dell'immaginazione che informavano le sue ultime preoccupazioni nell'arte, nella moda o nell'architettura in fiori, arbusti, bordure ed elementi caratteristici. La sua reputazione di paesaggista era rafforzata dal suo talento artistico in tutti gli ambienti che si occupavano di cose del genere. Ma al momento non c'era spazio nella sua mente per quelle riflessioni.

Nonostante tutti gli sforzi per ignorarli, i suoi pensieri erano consumati da Pearson e dal disastro in cui Jonas aveva trasformato quella relazione. Viaggiare senza Pearson, che spesso lo accompagnava fingendosi un socio d'affari o, più spesso, un valletto o un accompagnatore – in modo da consentire loro momenti d'intimità durante i pernottamenti – era un'esperienza particolarmente triste. Inoltre, la presenza di un valletto quando visitava le case aristocratiche lo faceva apparire come uno di loro, o almeno come un aspirante tale, e ciò, nella maggior parte dei casi, era sufficiente a soddisfare il loro snobismo. Certo, a Londra si comportavano in maniera discreta, ma i conoscenti e gli amici più stretti non si erano fatti illusioni circa la loro relazione. Fuori città, tuttavia, bisognava stare particolarmente attenti. Guardò il punto in cui aveva appoggiato il libro e immaginò Pearson seduto lì. In qualsiasi altro viaggio, Pearson avrebbe potuto leggere a sua volta oppure studiare Jonas con un piccolo sorriso che gli stuzzicava le labbra. Ma non più adesso. Aveva declinato l'invito ad accompagnarlo in quel viaggio, un ultimo tentativo di riconciliazione da parte di Jonas, e lo aveva informato che non lo avrebbe più trovato a casa al suo ritorno. Pearson aveva preso un appartamento, anche se non aveva detto dove, e tutto ciò che Jonas poteva aspettarsi adesso era una casa vuota e un focolare freddo. Quel pensiero aveva reso le settimane di viaggio ancora più tetre e solitarie.

L'auto si inclinava e tremava, mentre Donaldson, l'autista, cercava di manovrarla lungo la strada ormai coperta di fango. Jonas si sporse in avanti per suggerirgli di fermarsi e di aspettare la fine della tempesta, quando lo vide afferrare il piantone dello sterzo e gridare «Attenzione!» come avrebbe fatto con un cavallo spaventato. Jonas venne scaraventato di lato, mentre l'auto sterzava bruscamente e si fermava con un sussulto.

Jonas sbirciò dal finestrino dell'automobile mentre Donaldson saltava fuori per raddrizzare il veicolo. Jonas vide che la ruota anteriore sinistra era affondata in una buca della strada, che si stava riempiendo velocemente di acqua melmosa.

«Siamo proprio bloccati?» chiese, «devo aiutare a spingere o altro?»

Dentro di sé, rabbrividì al pensiero. Che impressione avrebbe fatto presentarsi nella grande casa dei suoi nuovi clienti fradicio e coperto di fango?

«Non ci vorrà che un attimo, Signore,» ribatté Donaldson, mentre cataratte di pioggia gli cadevano dal cappello. «Basterà solo fare un po' di leva, che ne dice?»

L'auto oscillò e Jonas si riappoggiò al sedile, sospirando. La pioggia che continuava a cadere sembrava minacciosa. Aveva annerito il cielo e cancellato ogni traccia delle meravigliose giornate di inizio estate di cui avevano goduto fino a quel momento. La colpa di quel soggiorno particolarmente uggioso era del suo socio dello studio di architettura, Derrick. Gli abitanti di Hillcomb Hall erano in qualche modo imparentati con sua moglie. Jonas, in verità, non aveva ascoltato molto attentamente quando Derrick aveva snocciolato un elenco apparentemente infinito di parenti. Sembrava che avesse un qualche legame, nobile o meno, in ogni angolo dell'Inghilterra. A capo di questa famiglia c'erano il "cugino Graham" e sua moglie Vita, insieme alle loro madri. Il "cugino Graham" era, ovviamente, Graham Benson Grey, Quinto Conte di Stanley, Visconte Nicolson. Suonava bene su un biglietto da visita, ma, a dire il vero, a Jonas non importava nulla dei titoli. Bastava che avessero del brandy decente a portata di mano.

Lo stesso Derrick li considerava un gruppo strano, a quanto pareva, e diceva che il tempo trascorso con quel trio di donne gli aveva sempre lasciato addosso una sensazione bizzarra che avrebbe preferito non rivivere. Il suo unico suggerimento per la ristrutturazione dei giardini era stato di creare un labirinto di siepi in cui, si sperava, ci si potesse perdere per giorni, "o per sempre, con un po' di fortuna."

L'automobile ebbe un sussulto e Jonas sobbalzò sul sedile.

«Dico io,» esclamò, aggrappandosi al telaio della portiera. L'auto rimbalzò di nuovo e poi saltò in avanti.

«Tutto fatto, Signore,» gridò Donaldson mentre trotterellava intorno alla macchina e si metteva al posto di guida, completamente inzuppato. «Va tutto a meraviglia.»

Jonas si sistemò contro la spalliera del sedile.

«Forse, non l'espressione più adatta, Donaldson,» disse alzando le sopracciglia.

L'autista ridacchiò mentre rimetteva in carreggiata quella bestia di macchina.

Hillcomb Hall sembrava una grande mostruosità medievale, notò Jonas mentre l'auto si inoltrava sulla lunga e tortuosa strada d'ingresso che attraversava la tenuta. Naturalmente aveva solo un secolo o due di vita, ma era stata costruita con l'evidente intento di risultare imponente, apparendo più antica di quel che era. La casa era circondata da una fitta foresta di alberi, di vario tipo e dimensione, che, sebbene non si avvicinassero molto alla proprietà, riuscivano a bloccare gran parte della luce del sole. Il vialetto, composto da ghiaia proveniente dal torrente, e che produceva un fastidioso rumore scivoloso sotto gli pneumatici dell'auto, era tagliato da un boschetto di tronchi antichi e serrati. Dalle planimetrie che aveva visto, Jonas sapeva che dietro la casa c'era una striscia di terreno aperto che portava a un lago. Ma dal davanti, l'intera proprietà appariva chiusa, isolata dal resto del mondo e profondamente ombreggiata come un castello decrepito uscito da un libro di fiabe. Anche se la pioggia era finalmente cessata, ed era solo metà pomeriggio, la casa era immersa in quella che sembrava una nuvola notturna. Una grande coltre di nebbia si aggrappava al suolo e la casa sembrava quasi galleggiare.

Era una scena desolata e triste che rammentò a Jonas la profonda solitudine che aveva provato negli ultimi tempi.

«È davvero inquietante,» mormorò Donaldson più forte di quanto avesse voluto. «Chiedo scusa, Signore.»

Jonas inclinò la testa e pensò che non avrebbe potuto dirlo in modo più conciso nemmeno se ci avesse provato. Era *davvero* inquietante, e per di più scoraggiante. Come avrebbe potuto progettare un giardino che desse un po' di vita o di luce a un insieme così desolato?

La casa era costruita in pietra grigia con elementi in intonaco chiaro di colore giallo-marrone. Jonas immaginò che un tempo quegli inserti fossero stati luminosi e avessero aggiunto un po' di profondità, ma con il tempo tutto era sbiadito in una facciata coesa nel suo grigiore. Anche le panche di legno che punteggiavano i portici e i camminamenti avevano assorbito le intemperie e il tempo fino a diventare opache e incolori. Nel complesso, era piuttosto angosciante. Il luogo stesso era come un dagherrotipo sbiadito e macchiato d'acqua. L'immagine di una reliquia abbandonata che era stata scagliata nel tempo e lasciata a decomporre.

Sulla facciata della casa era stata costruita una sporgenza in pietra che sembrava più recente del resto. Era una sorta di portico, attraverso il quale una carrozza poteva arrivare fino all'ingresso, che era visibile attraverso tre grandi portali ad arco. Considerata l'apparente predisposizione della zona al diluvio, Jonas la considerò un'aggiunta molto intelligente.

Attraverso uno degli archi vide che la porta era aperta e che, proprio nel riquadro, era apparso un uomo che sembrava emerso dall'ombra. La porta non pareva essersi mossa, ma piuttosto essersi materializzata come una bocca aperta sul davanti della casa, con la creatura alta e sottile che aleggiava al suo fianco. Si chiese se l'uomo potesse allargare le braccia e scomparire improvvisamente nel buio come per magia. Scosse la testa, rimproverandosi e raccomandandosi di tenere sotto controllo la sua immaginazione. Troppi libri letti sul sedile posteriore durante i suoi viaggi, di certo. Si trovava in una bella casa padronale alla fine di un temporale, niente di più. Tuttavia, quando l'auto si fermò, non riuscì a scrollarsi di dosso un senso di presagio che aveva iniziato a crescergli dentro. Guardò la fitta foresta tutt'intorno e studiò gli alberi, cercando di convincersi che non aveva motivo di provare un'emozione del genere.

L'uomo alla porta era, ovviamente, il maggiordomo. Da vicino non era tanto una strana apparizione quanto un uomo di mezza età dall'aspetto distinto. Era smunto, ma impassibile piuttosto che cupo, e Jonas si sentì sollevato. Si stava preparando, si rese conto, a incontrare una specie di gargoyle uscito direttamente dalle pagine de *Il castello di Otranto*. Il maggiordomo, tuttavia, sembrava, come la casa stessa, terribilmente sbiadito. Nonostante non fosse molto anziano, aveva capelli argentati, la pelle pallida e cenerina e gli occhi non esattamente blu, ma simili al colore del ferro.

Mentre scendeva dall'auto, Jonas fu scosso da un improvviso e forte grido proveniente dal bosco, che sembrava quello di una donna che urlava di orrore. Trattenne un sussulto, ma non poté fare a meno di guardarsi alle spalle, impaurito.

«Perdoni il rumore, Signore,» disse il maggiordomo. «Sono le volpi. Lord Stanley e la sua consorte non amano la caccia; quindi, gli animali hanno invaso la foresta.»

Jonas riconobbe il suono che aveva sentito molte volte in precedenza e si sentì sciocco per essersi spaventato.

«Sì, certo,» disse. «Sono solo un po' stanco per la monotonia del viaggio.»

«Certo, Signore. Sono Avery, al suo servizio.»

Jonas fece un cenno di saluto mentre Avery si rivolgeva a Donaldson.

«Patrick, il capo palafreniere, aspettava il vostro arrivo. Per mostrarvi come mettere a posto la macchina e così via.»

«Dov'è?»

«Proprio lì,» disse Avery con un tono di voce stanco. Indicò la strada davanti all'automobile. «Alla fine della *porte-cochère*.»

«La cosa?» chiese Donaldson girando la testa. «Accidenti, non l'ho visto attraverso la nebbia.»

Jonas seguì il suo sguardo e vide in piedi, in fondo alla porta carraia, un giovane uomo in pantaloni di tweed grezzo e camicia. I suoi occhi intensi, quasi selvaggi, e i suoi lineamenti marcati ma piacenti, lo fecero pensare a Heathcliff nella brughiera, piantato lì con la nebbia che gli vorticava intorno agli stivali. Non era vestito in maniera adeguata all'aria fresca portata dalla tempesta; tuttavia, appariva abbastanza robusto e vigoroso da poterla sopportare. Jonas condivise la sorpresa di Donaldson dato che l'uomo sembrò essere apparso dal nulla.

«Sì, è piuttosto densa, non è vero?» osservò Jonas vagamente.

«È a causa della pendenza del terreno, Signore,» rispose Avery. «Ci troviamo in una specie di valle e le condizioni atmosferiche tendono ad accumularsi. Vogliamo entrare?»

# Capitolo 2

«Sua Signoria ci metterà solo un attimo,» disse Avery, mentre prendeva il cappello e il cappotto di Jonas.

Il foyer principale era lungo, con un soffitto alto e decorazioni scarne. Verso l'estremità più lontana dalla porta principale c'erano due tavoli identici su entrambi i lati del corridoio, che si trovavano accanto alle entrate che conducevano alle altre ali della casa. Alcuni grandi arazzi erano appesi alle pareti, ma non riuscivano a riempire l'ampio ambiente e ancora meno a contrastare il freddo dell'aria. Oltre a ciò, lo spazio era dominato da un'imponente scalinata che conduceva ai livelli superiori. Lo sguardo di Jonas seguì la scala e si fermò di colpo sul pianerottolo. Trattenne un sussulto.

Sul pianerottolo del primo piano c'era un enorme dipinto che sembrava essere alto come due uomini o forse più. Era il ritratto di un uomo, un uomo straordinariamente bello. I suoi capelli scuri erano piuttosto corti e alcune ciocche gli ricadevano sulla fronte e si arricciavano sulla nuca. Era bruno, con la mascella e gli zigomi prominenti, le labbra carnose e il naso deciso; in effetti, i suoi lineamenti sembravano scolpiti da un artista piuttosto che donati da Dio. Ma ciò che più di tutto colpì Jonas furono gli occhi. Sembravano vivi, non semplici pozze di olio e pigmenti, ma occhi che guardavano, scrutavano, sapevano. Quegli occhi parvero trapassarlo e Jonas provò un brivido che gli arrivò fino alle ginocchia.

Distolse lo sguardo e iniziò a sfregarsi le mani per recuperare una parvenza di calore quando sentì dei passi e poi il tono pacato di voci femminili. Da un ingresso accanto a uno dei tavoli emerse un trio di signore di altezza decrescente. Fu colpito dalla più alta, dall'aspetto attraente e con i tratti del viso ben delineati, che si muoveva con un'eleganza regale come se comandasse su tutto ciò che aveva davanti. Doveva essere la madre del conte. Il modo in cui le tre si muovevano verso di lui, all'unisono, con i loro passi che coincidevano, lo fece pensare alle Graie della mitologia greca. Si trattava, tuttavia, di donne attraenti e per nulla raggrinzite o repellenti; quindi, probabilmente era stato il nome della famiglia, Grey, a fargli venire in mente quel pensiero. O forse, pensò, toccando nervosamente il gilet per lisciarne la linea, era il modo in cui le donne lo studiavano, tutte insieme e con attenzione, come le tre sorelle che condividevano un occhio tra loro, vedendo e conoscendo tutto contemporaneamente. Sperò che non avessero anche loro un unico dente per divorarlo.

Tornò a guardare il quadro e qualcosa nella sua espressione sembrò improvvisamente schernirlo, come se fosse possibile.

«Ah, il signor Laurence, presumo,» disse la donna più alta. «Aspettavamo con ansia il suo arrivo. Il tempo è stato molto brutto?»

«Solo per poco,» rispose Jonas.

«Bene. Mi permetta di presentarci Io sono la Contessa Madre di Stanley e questa è mia nuora, l'Onorevole Contessa di Stanley, Victoria Adalyn Grey.» Indicò la più giovane delle due donne che l'accompagnavano.

«Lady Stanley,» disse Jonas con un cenno del capo.

«E questa è l'Onorevolissima Viscontessa Aldrange, Flora West Lytheton, la madre di Lady Stanley.»

Jonas fece un altro cenno e un ampio sorriso. «Lady Aldrange. È un vero piacere conoscerla.»

«Mia suocera a volte sa parlare in modo davvero grandioso, una qualità che ammiro molto,» aggiunse la giovane Lady Stanley con un cenno alla Contessa Madre. «Ma, in realtà, non siamo tipi da cerimonie, signor Laurence. La prego di chiamarmi Vita, d'accordo? Lo fanno tutti. Mia madre mi ha battezzata Victoria, come la sua amata regina, naturalmente, ma credo che Vita mi si addica molto di più.»

«Vita sia allora, molto volentieri. Ma solo se ricambierà il favore chiamandomi Jonas. Ogni volta che mi sento chiamare signor Laurence, immagino mio padre con la sua giacca di tweed e un'aria fin troppo compiaciuta.»

Vita sorrise. «Sì, so esattamente cosa intende. Siamo d'accordo allora.»

Jonas annuì.

«Abbiamo disposto per il tè in salotto,» disse Lady Aldrange. «Vuole unirsi a noi?»

«Con estremo piacere. Ho davvero bisogno di una tazza di tè caldo in questo momento.»

Il salotto era lussuosamente arredato, con ampie e alte finestre, e Jonas fu felice di vedere che un po' di luce solare era riuscita a farsi strada attraverso le nuvole, dando alla stanza un'atmosfera molto meno lugubre dell'atrio. Non appena si furono sistemati, apparvero due cameriere con vassoi di tè, torte e panini.

Le signore lo osservarono mentre prendeva la tazza che la Contessa Madre gli aveva versato e sceglieva un piccolo panino. Si sedette sulla sedia, mescolò il tè e, mettendo il cucchiaino da parte, attese che le signore si servissero. La Contessa Madre gli sorrise, fece un piccolo cenno alle altre e queste si versarono del tè. Parlarono un po' dei panini e delle torte e del tempo, poi la Contessa Madre lo guardò con occhi penetranti.

«Il suo cognome, signor Laurence. Lei usa l'ortografia francese, vero? È un cenno alle sue origini?» chiese.

Jonas bevve un sorso, riflettendo sulla risposta.

«Il mio bisnonno era francese, sì. E suo figlio ha sposato una donna turca, in effetti. Quindi suppongo di essere una sorta di amalgama d'origini diverse.»

«Oh sì, lo vedo,» disse Lady Aldrange. «Lei ha un che di esotico nell'aspetto.»

«Davvero?»

Gli occhi di Vita si spalancarono un po'.

«Senza offesa, naturalmente, signor Laurence,» aggiunse rapidamente la Contessa Madre.

«Certo che no, Milady,» disse Jonas. «Non mi vergogno della mia discendenza, né su come ho raggiunto la mia posizione in società Ma non è spesso argomento di discussione tra persone di una certa classe, se mi permette.» Vita sorrise a quel commento e si portò la tazza da tè alle labbra per nasconderlo. «D'altra parte, suppongo che la maggior parte delle famiglie aristocratiche veda solo ciò che vuole vedere, nonostante ciò che potrebbe essere ovvio.» Fece una pausa. «Senza offesa, naturalmente.»

La Contessa Madre rise. «Non c'è di che, signor Laurence. Spero non si senta troppo offeso. Vede, infatti, il nostro è un interesse gioioso, non un pregiudizio. Credo che scoprirà che, quando si tratta di nostri pari in società, veniamo considerati piuttosto ribelli.»

«O strani, a seconda della persona a cui lo si chiede,» aggiunse Lady Aldrange. «In effetti, oserei dire che anche Lei potrebbe trovare strano che la madre di una sposa viva così comodamente nella casa di famiglia.»

Jonas scosse la testa. «Certo che no, Signora.»

Anche se in verità era rimasto sorpreso quando Derrick gli aveva spiegato chi fossero gli abitanti della tenuta. Non per i suoi gusti personali, ma poiché sapeva che non era tipico di famiglie di quel rango. Ognuno aveva il suo posto, per quanto potesse risultare scomodo.

«Quando mio marito è morto e il patrimonio è passato al fratello di Vita, ho avuto un nuovo ruolo. Ma temo che la moglie di mio figlio mi trovasse un'aggiunta piuttosto ingombrante alla sua famiglia. Così, quando Vita era in attesa, mi sono offerta di rimanere per un po' di tempo e aiutare a prendermi cura del bambino. Non mi sono mai fidata molto delle domestiche, capisce. Hanno il vizio di sapere fin troppo.»

«A parte la mia tata, naturalmente,» aggiunse Vita, con un sorriso malizioso. «Loro due sono sempre state inseparabili. E lei sembrava molto brava a mantenere i segreti.»

«Su, Vita,» la rimproverò Lady Aldrange mentre continuava. «Ho vissuto per un certo periodo nel grande cottage della tenuta, in cui la contessa Stanley mi ha gentilmente dato ospitalità. Era un posto magnifico e avevamo formato una gradevole seppur piccola famiglia, non è vero, Clarissa?»

«Sì, era molto bello, Flora,» rispose la Contessa Madre. Guardò Jonas. «Ma poi è arrivata una di quelle orribili tempeste, per le quali questa zona è tristemente nota, e ha distrutto il tetto.»

«Esatto,» disse Lady Aldrange. «Così siamo venute qui entrambe e abbiamo occupato una serie di stanze nell'ala occidentale della casa.»

«E Lord Stanley non si oppone?» esordì Jonas con un sorriso. «A essere sempre circondato da donne?»

La Contessa Madre ridacchiò.

«No, non mio figlio. In verità, non viene quasi mai qui e resta via anche per molti mesi di seguito. Gli affari in città lo tengono occupato. Siamo diventate un bel trio domestico.»

«E la mamma è così brava con il piccolo Rupert, quindi è tutto perfetto,» aggiunse Vita. «Naturalmente prima o poi dovremo assumere un tutore o un'istitutrice per continuare con la sua istruzione, ma per ora va tutto bene.» Posò la tazza da tè. «Lei approva i collegi, signor Laurence?»

Jonas si protese in avanti e recuperò una piccola fetta di torta con semi di cumino.

«Non molto, no,» confessò. «Per quanto riguarda la crescita della mente, intendo. Ma credo si tratti piuttosto di una questione di formazione che di istruzione.»

«Formazione? In che senso?» chiese Vita.

«Naturalmente, un uomo può espandere la propria mente in vari modi, ma la scuola lo prepara a muoversi in società in modo corretto e adeguato.» Diede un morso alla torta, la masticò e deglutì. «Ma, d'altra parte, non sono nato in società e non ho beneficiato di tale istruzione. Ho imparato soprattutto da solo, quindi sono molto meno di un'autorità e forse un po' prevenuto.»

«Ma questo conferma la situazione, allora. Lei è molto intelligente e affabile, signor Laurence,» disse Lady Aldrange. «L'immagine di un vero gentiluomo.»

«In effetti,» concordò la Contessa Madre. «Trovo che la maggior parte dei gentiluomini dell'alta società ha la testa vuota e il collo grosso, il che crea un certo squilibrio interno.»

Le altre signore e Jonas ridacchiarono.

«Credo che piacerà molto a mio figlio,» continuò la Contessa Madre. «Lui stesso non ha mai avuto molta tolleranza per chi ha frequentato scuole come Eton.»

Lanciò un'occhiata alla nuora e si scambiarono un piccolo cenno quasi impercettibile. Jonas si sentì come se fosse stato sottoposto a un esame e si chiese se avesse ricevuto la sufficienza.

«Forse domani, durante una passeggiata, potremo mostrarle anche l'orto,» disse Lady Aldrange. «Abbiamo avuto una raccolta precoce di lamponi, per la quale sono molto entusiasta. Temo sempre di stancare la nostra povera cuoca con la mia continua richiesta di crema con i lamponi. Ma, in realtà, come si fa a superare un'estate senza mangiarne?»

In effetti Jonas era propenso a convenire con lei su quel particolare punto.

«Mi sembra un'ottima idea, naturalmente, ma preferirei visitare il parco principale al mattino. Mi piace cogliere il paesaggio da tutte le angolazioni della luce del giorno quando progetto.»

«Sì, certo,» disse Vita. «Sarò felice di accompagnarla a fare un giro, anche se temo che non sarò molto utile per pianificare qualcosa. Lord Stanley è il responsabile dei giardini e gli abbiamo lasciato un totale controllo. Ha una grande passione per loro, e io non sono portata per l'orticoltura, quindi sarei comunque inutile. Meglio lasciare che siate voi due signori a risolvere la questione.»

«Allora potrebbe accompagnarci anche lui durante la nostra visita?»

«Oh, mi dispiace, non gliel'ho ancora detto. Mio marito non tornerà dalla città prima di domani pomeriggio. Avrebbe dovuto essere disponibile oggi, ma un impegno lo ha trattenuto. Quindi dovrà accontentarsi di me come guida turistica, a meno che non preferisca meditare sul terreno da solo.»

«Niente affatto. Sono felice di fare un giro con Lei, e questo mi darà la possibilità di preparare i miei pensieri e le mie domande per Lord Stanley.»

«Splendido,» disse Vita.

«Ora, dovremmo lasciarla riposare prima di cena,» disse la Contessa Madre. «Dev'essere esausto.»

«Questo tè ha contribuito a ripristinare le mie energie, ma non mi dispiacerebbe riposare un po'.»

«Temo che finora abbiamo installato l'impianto elettrico solo al pian terreno. Non ci consideri luddisti, la prego, signor Laurence; abbiamo lavorato sodo per rinnovare la casa in maniera moderna. Il che significa togliere tutti quei terribili impianti a gas e sostituirli. Deve perdonarci per la nostra mancanza di modernità, ma abbiamo installato servizi igienici perfettamente funzionanti vicino a ogni camera degli ospiti e c'è una camera da bagno alla fine di ogni corridoio.»

«Le gioie dell'idraulica!» esclamò Lady Aldrange con un piccolo squittio e un battito di mani. «Sa, signor Laurence, non credo che Lei possa apprezzare davvero la magia di un bagno caldo non avendo ancora raggiunto la mia età.»

«La mamma ama i bagni caldi,» aggiunse Vita.

La Contessa Madre guardò Lady Aldrange con affetto. «Le piace molto quando le leggo un libro.»

«Mentre è nella vasca da bagno?» chiese Jonas.

«Oh, sì,» rispose la Contessa Madre, rivolgendoglisi. «Ho uno sgabello speciale, che ho messo accanto alla vasca, rivestito di pelle impermeabile, nel caso dovesse bagnarsi.»

Jonas inarcò le sopracciglia e trattenne un sorriso.

«La sconvolgiamo molto?» chiese Lady Aldrange.

La sua voce, prima leggera ed effervescente, ora lo era molto meno. Jonas trovò Lady Aldrange che lo fissava con un'espressione interrogativa.

Si schiarì la gola.

«No, affatto, Milady. Sembra piuttosto comodo, anzi.»

«Infatti,» concordò la Contessa Madre con un cenno del capo.

Le signore si alzarono e Jonas le seguì.

«E il mio medico mi assicura,» riprese Lady Aldrange, con un tono di nuovo esuberante, «che è una necessità assoluta per mantenere buoni nervi.»

Si avvicinò per aggiustare un orecchino e gli lanciò un'occhiata strana.

«Ma poi,» continuò, «non bisogna sempre ascoltare i medici, sa. Mi sembra che abbiano idee troppo rigide su ciò che è naturale e innaturale per il corpo umano. Non trova, signor Laurence?»

Dove voleva arrivare? Jonas si guardò intorno, tutte le donne lo osservavano con attenzione.

«Sul tema della natura, signora,» rispose, «credo che molti abbiano ancora parecchie conoscenze da acquisire.»

«Ben detto,» concordò Lady Aldrange.

Vita lo condusse fuori dal salotto e, mentre usciva, si voltò per chiudere dietro di loro le porte. La Contessa Madre e Lady Aldrange lo stavano osservando e Jonas si sentì ancora una volta sotto esame. Come rispondendo a un segnale, entrambe le donne gli sorrisero, nello stesso identico modo, e annuirono. Jonas si voltò e allungò la mano davanti a sé, facendo cenno a Vita di fargli strada.

«Sono contenta che siate venuto a trovarci, sarà bello avere un po' di compagnia,» disse Vita. «Mamma avrà qualcuno di nuovo con cui condividere tutti i suoi consigli medici e le sue teorie olistiche. Le piacciono molto e temo che pensi che noi la assecondiamo soltanto. Il che, in un certo senso, è vero.»

«Sarò molto felice di assecondarla. E io stesso sono interessato alle erbe e ai loro usi e applicazioni, quindi potremmo apprendere qualcosa a vicenda.»

«Che bello. E credo che a Graham, Lord Stanley, Lei piacerà molto. Prevedo che diventerete buoni amici.»

Si fermò quando arrivarono al primo piano. Qui era molto più buio, quasi come all'imbrunire. Vita si avvicinò a uno dei due tavolini sul pianerottolo, su cui si trovavano lampade a olio, ne prese una e cercò nel cassetto i fiammiferi per accendere lo stoppino.

«È stato così nuvoloso,» disse, «che i domestici non hanno pensato di preparare le lampade così presto. Ma non si preoccupi, il fuoco nella sua stanza è stato già acceso e tutto dovrebbe essere luminoso e accogliente.»

Accese lo stoppino e, nel bagliore della luce, il gigantesco dipinto che li sovrastava divenne visibile all'improvviso. Jonas fece un respiro brusco e arretrò d'un passo. Il bel viso nel ritratto sembrava fissarlo nella penombra, la curva delle labbra che dal basso era sembrata un sorriso ora assomigliava a un ghigno. Deglutì e si schiarì la gola.

Vita seguì il suo sguardo.

«È un quadro molto suggestivo, non è vero?» disse. «Ormai ci sono così abituata che me ne dimentico. È il nonno di Lord Stanley, infatti, che ha contribuito a trasformare Hillcomb nel grande maniero che è oggi. O meglio, lo era. Un uomo terribilmente bello, non crede?»

Jonas scosse la testa e sbatté le palpebre. Quando lo guardò di nuovo, il volto in alto sembrava molto meno minaccioso.

«Sì,» disse. «Suppongo che sia alquanto bello.»

«Io penso che sia tremendamente attraente. Spesso lo faccio notare a Graham e lui finge di essere geloso. Il che è ridicolo, naturalmente, e scoppiamo a ridere.»

Si voltò per salire le ultime scale e la luce piena lasciò il quadro. Mentre Jonas procedeva, si guardò indietro e notò che gli occhi sembravano comunque seguirli.

«Sono piuttosto contento che Graham sia stato trattenuto. Altrimenti sarebbe arrivato dopo il tramonto, e mi preoccupo sempre per lui su quelle strade scivolose. La pioggia sembra non andarsene mai in questi giorni. Certo, io non so quasi mai quando Graham arriva e quando se ne va. Continuiamo a tenere camere da letto separate, soprattutto da quando è arrivato nostro figlio. Devo dire che è davvero estenuante essere una madre.»

«Certo. E dov'è il giovane signore, ora?»

«Da qualche parte con una delle domestiche, immagino. Di solito non lo vedo finché non viene portato giù per la cena. Non mangia con noi, naturalmente, è troppo piccolo. Ma si presenta a tutta la famiglia e poi va a cambiarsi e a dormire.»

Si fermò e fece un cenno verso una porta che si trovava davanti a loro.

«Ecco la sua stanza,» disse con un sorriso. «Come ha accennato mia madre, tutte le signore risiedono nell'ala occidentale della casa. Naturalmente Lei dormirà proprio accanto alla camera di Graham, quindi sarà molto comodo al suo ritorno. Fino ad allora, immagino che qui sarà terribilmente tranquillo, forse addirittura noioso.» Gli fece un piccolo sorriso. «Ma se dovesse avere bisogno di qualcosa, non esiti a chiamare; il nostro personale è, come avrà modo di convenire, molto disponibile. Altrimenti, ci vedremo per cena. Ci cambieremo d'abito, ma non c'è bisogno di essere troppo formali, a meno che Lei non lo preferisca.»

«Molto bene. Grazie mille, Lady Vita,» disse Jonas con un piccolo inchino prima di separarsi.

# Capitolo 3

Jonas entrò nella stanza e si fermò appena super-
ata la porta, attratto da un fruscio. Gli parve il
verso di qualche creatura, un topo o forse qualcosa
di più grande, e sembrava provenire dall'interno
delle mura. Fece un passo avanti e inclinò la testa di
lato per ascoltare.

Lo sentì di nuovo, e il rumore parve anche
spostarsi. Si chiese cosa mai potesse essere. Si
avvicinò al camino, dove un grande fuoco ardeva allegramente, e prendendo una delle lampade
già accese, andò verso il letto. Proprio in quel momento il fracasso di un tuono lo fece sobbalzare.
All'improvviso, si udì un tonfo morbido proveniente dall'interno delle pareti e un suono simile a
un basso grugnito.

Jonas si bloccò, restando in ascolto. Si sentì un
piccolo graffio e poi uno scricchiolio quando uno
dei pannelli della parete cominciò a muoversi.

«Che diamine,» mormorò Jonas tra sé, troppo insicuro per muoversi.

Il pannello della parete si aprì un po' di più e
apparve una piccola mano pallida che spingeva contro il rivestimento di tessuto verde dall'altra parte.

Jonas seguì la mano fino al braccio e oltre, fino a vedere una cameriera bassa, con un'uniforme un po' storta, che teneva in equilibrio su un braccio un fagotto di biancheria. La sua espressione era a metà tra l'imbarazzato e l'irritato e Jonas quasi rise per il sollievo. Avrebbe potuto baciarla quando si rese conto di quanto fosse stato sciocco a reagire a nient'altro che ai rumori di una cameriera nel corridoio della servitù. Ma, naturalmente, si trattenne.

Nonostante il carico che aveva fra le braccia, la cameriera riuscì a fare un piccolo, anche se goffo, inchino. Quel gesto fece cadere un lenzuolo piegato, che Jonas si abbassò a raccogliere, rimettendolo sul mucchio.

«Grazie, Signore.»

«Di nulla ... Come ti chiami?»

«Sarah. Chiedo scusa, Signore. Ero venuta per finire di rifare il letto.»

Jonas abbassò lo sguardo e vide, in effetti, che il materasso era scoperto. Sorrise.

«Oggi siamo stati molto occupati e mi ci è voluto un po' per preparare la stanza,» aggiunse la ragazza, avvicinandosi al letto. «Era da un po' che non veniva arieggiato, quindi volevo assicurarmi che fosse tutto a posto per Lei. Solo che le lenzuola di ricambio si trovano nel corridoio della servitù, capisce, ed è diventato così buio che non riuscivo a vedere nulla con la porta chiusa.»

Aveva aperto le lenzuola e iniziato a coprire il materasso.

«Ma naturalmente non potevo permettere che Lei entrasse e che la stanza fosse pronta a metà.

E poi, quando sono andata lì dentro per prendere le lenzuola, sono inciampata e le ho fatte cadere. Sono tutte sporche adesso e dovranno essere lavate di nuovo. La vecchia Tweedy mi rimprovererà a non finire, davvero. Credo che sia per questo che mi ha affibbiato questa stanza, per il fatto che...» Si fermò mentre stava rimboccando un angolo piegato. «Chiedo scusa, Signore. Credo che non dovrei parlarle in questo modo.»

Jonas le era grato per le sue chiacchiere, che lo avevano riportato sulla terra e gli avevano fatto dimenticare un po' della strana atmosfera che lo aveva turbato dopo aver visto quel maledetto ritratto.

«Nessun problema. Mi sono solo fermato per vedere se il mio baule era stato portato su prima di cambiarmi per la cena. Continua pure.»

Sarah sorrise e continuò a piegare e rimboccare le coperte.

«Il suo baule è laggiù, Signore, vicino al guardaroba. Cecil, che le farà da valletto durante la sua permanenza qui, l'ha già disfatto.»

«Ti prego di ringraziarlo per me.»

«Se proprio devo,» disse Sarah sottovoce mentre lisciava le lenzuola e si fermava a valutare il suo lavoro.

«Immagino che tu e questo Cecil non siate molto amici, allora?» chiese Jonas, divertito dalla sua risposta.

Sarah alzò le spalle.

«Non è male, credo, per essere un ragazzo,» disse Sarah. «Ma dà del filo da torcere a noi cameriere. Ci comanda sempre a bacchetta e ci fa piccoli scherzi per divertirsi, per cercare di spaventarci e così via.» Fece una pausa per aggiustarsi il cappello, con un'espressione contrariata sul viso. «Naturalmente, la vecchia Tweedy dice che i giovani sono fatti così quando non hanno uno *sbocco adeguato*, dice, per la loro energia. Dice che a un certo punto smettono. Ma, che il Signore ci salvi, Cecil ha quasi trent'anni, quindi dubito che crescerà ancora.»

«Alcuni uomini sembrano restare sempre sciocchi ragazzini, temo,» la consolò Jonas.

Sarah annuì convinta. Osservò la stanza.

«Vuole che il fuoco venga ravvivato, Signore?» gli chiese.

«Sì, per favore, se non è un problema.»

Sarah strinse le labbra in modo tale da far pensare che si stesse mordendo la lingua, ma annuì ugualmente.

«Hai detto che la signora Tweedy... si chiama così?»

Anche inginocchiata davanti al camino, riusciva a vederne il sorriso sulle labbra.

«La signora Tweedham, Signore. È la governante.»

«Sì, la signora Tweedham, naturalmente. Hai detto che ti ha affibbiato questa stanza...»

«Oh, non ho detto affibbiato, Signore. Davvero.»

«Va bene, ma ti ha dato questa stanza per un motivo preciso?»

«Sì, Signore. Di proposito, credo.» Aggiunse alcuni pezzi di carbone alle fiamme.

«Quale sarebbe questo motivo?»

Sarah studiò il fuoco per qualche istante, usando il piccolo soffietto per alimentarlo maggiormente.

«Be', ultimamente non è stata contenta di me. Dice che parlo troppo liberamente.»

«Vuoi dire allora che si tratta di una punizione?»

Sarah si alzò in piedi, pulendosi le mani dalla polvere di carbone.

«Oh, no, Signore. Non è affatto così. Non intendevo esattamente quello.»

Jonas la guardò mentre si mordicchiava il labbro e si guardava nervosamente intorno.

«C'è qualcosa che non va, Sarah?»

«Oh no, Signore. Non c'è niente che non va.»

«C'è qualche problema con la stanza, forse?»

«Non spetta a me dirlo, Signore, ne sono certa. L'importante è che Lei sia a proprio agio.»

«C'è un motivo per cui non dovrei esserlo?»

«Spero di no, Signore.» Lo sguardo di Sarah si spostò in giro prima di incontrare quello di Jonas.

«Sarah, odio fare pressioni, ma sento che c'è qualcosa che ti preoccupa. C'è qualcosa che dovrei sapere? Non capisco perché ritieni che la signora Tweedham ti abbia dato questo incarico come punizione, se tutto va bene.»

«No, Signore. Solo che...» Sarah fece una pausa, incerta.

«Sì?» la incoraggiò Jonas.

«Solo che dicono che è infestata, Signore.»

«Infestata?»

«Sì, Signore. La stanza. Dicono che ci sia un fantasma che vive in questa camera. E Tweedy... be', sa che ascolto certe storie e sa che mi fanno venire i brividi, quindi le piace punzecchiarmi, capisce?»

«Capisco.»

«È per questo che non usiamo quasi mai questa stanza per gli ospiti. Ma Sua Signoria ha insistito per via della vista sul giardino, per il suo lavoro con gli alberi e così via.»

Gli angoli della bocca di Jonas si inarcarono in un sorriso. Non vedeva l'ora di raccontare a Derrick del suo "lavoro con gli alberi e così via."

«Ma sicuramente non credi ai fantasmi, Sarah?»

«Non l'avrei mai detto prima, Signore. Prima di lavorare qui, cioè. Ma da allora li ho visti.»

«Il fantasma?»

«Non quello che si dice viva in questa stanza, ma un altro. Il fantasma di una sguattera, si dice, morta in un incendio qui cento anni fa.»

«E tu l'hai vista?»

«Oh, sì. Non ci avrei creduto neanche io se non l'avessi fatto, ma ho visto i guai che faceva in cucina. Rompeva i piatti, buttava le scodelle di qua e di là, rovesciava il latte. È una vera e propria farabutta. Oh!» Si portò la mano alla bocca. «Mi dispiace molto, Signore; vi chiedo scusa.»

Jonas si lasciò sfuggire una breve risata e lasciò correre le parole di lei. «Niente scuse, per favore. Non c'è bisogno di fare cerimonie con me. E poi, se ciò che dici è vero, sembra davvero una farabutta.»

«Oh, Signore, Lei non ne sa neanche la metà.» Fece una smorfia infastidita. «Ma dicono che il fantasma che infesta questa stanza sia molto più spaventoso. Orripilante addirittura. Dicono che di notte, quando gli ospiti dormono, sia noto per...» le guance si arrossarono e lei esitò. «Be', non è il caso di parlare delle cose che dicono, davvero.»

Jonas fu sorpreso dal suo forte imbarazzo. Pensò che fosse meglio non approfondire l'argomento. Non voleva che la giovane donna pensasse di aver superato qualche limite di correttezza.

«Sarah, apprezzo che tu sia stata così schietta nell'avvertirmi della stanza. Ma ti assicuro che non credo ai fantasmi o a faccende soprannaturali.» Lei gli rivolse uno sguardo confuso, ma annuì. «Ma se dovessi incontrare qualcosa di strano, so esattamente chi consultare.»

Sarah annuì di nuovo. «Sì, Signore. Se ha bisogno di qualcosa, basta suonare il campanello.»

«Ti sono grato, Sarah. Ora, se non ti dispiace, credo che dovrei riposare un attimo prima di cena.»

«Certo, Signore.»

Mentre la ragazza richiudeva senza problemi il pannello del passaggio nascosto nella sua fessura nel muro e scompariva non vista lungo i corridoi, Jonas si sistemò allo scrittoio vicino a una finestra.

Per quanto potessero essere comiche, le parole di Sarah gli risuonavano nel cervello, perché toccavano le strane vibrazioni che aveva avvertito intorno a sé da quando era arrivato. Forse era l'ambiente stesso, pensò con uno sguardo verso la finestra che si stava oscurando. Anche se la tenuta non era così isolata, sembrava tagliata fuori dal resto del mondo, segregata com'era nella sua valle ombrosa e offuscata dalla nebbia.

E poi c'era la casa stessa. Si poteva quasi sentire lo scorrere del tempo che appesantiva le grandi pietre con cui era stata costruita. Come se si potesse toccare la pietra e sentire il battito di tutte le anime che vi erano passate nel corso dei secoli. Capiva perché si erano sforzati tanto di modernizzare il luogo, per cercare di limitare quella cupezza. Cose del genere, dopo un po' di tempo, dovevano far vacillare anche le menti più solide.

Anche una mente come la sua.

Recuperò il diario dalla valigia e ne aprì la serratura. Annotò qualche pensiero sul viaggio e sulla giornata, poi la sua mente tornò a posarsi su Pearson. Jonas sapeva di meritare un'adeguata strigliata alle orecchie per il suo comportamento. Era pieno di rammarico per come aveva lasciato che quel rapporto si sgretolasse negli ultimi anni. Sapeva che Pearson era un brav'uomo e che avrebbe potuto costruirsi una vita con lui. Eppure, Jonas non si era mai deciso del tutto, non aveva mai accettato pienamente quella possibilità. Qualcosa lo aveva sempre tormentato in un angolo della sua mente, dicendogli che quello non era il posto in cui doveva trovarsi, o la persona con cui doveva stare.

Per molto tempo aveva mantenuto l'abitudine di accontentarsi di figure irraggiungibili o di semplici furfanti il cui unico interesse era il divertimento. Ma si era stancato. Pearson era la prima persona da molto tempo a quella parte che gli aveva fatto pensare di abbandonare quei comportamenti superficiali. Eppure, il periodo trascorso con Pearson, come qualsiasi altra cosa significativa del suo passato, era giunto a una triste conclusione. Riflettendoci, sapeva in qualche modo di aver sempre corso, non necessariamente lontano da qualcosa, ma verso qualcosa. Stava cercando di tornare a un'idea di vero amore che aveva abbandonato anni prima, prima di Pearson, prima di altre frivole distrazioni. Forse era quell'ideale irraggiungibile che gli era sfuggito; forse la possibilità di recuperare qualcosa di simile era ormai lontana. Eppure, c'era un bisogno dentro di lui, una richiesta del brivido che quella travolgente storia d'amore del passato gli aveva dato un tempo, quel tocco inspiegabile nel profondo della sua anima che nemmeno Pearson aveva portato. Che *nessuno* aveva più portato da quei giorni ormai persi nel passato.

Per quanto non fosse sicuro di ciò che l'amore potesse avere in serbo per lui, Jonas sapeva di essere stanco della scena londinese. Tutte le feste, i continui rimescolamenti sociali, gli uomini incontrati qua e là di cui imparava a malapena il nome prima che sparissero dalla sua vita. Uomini che venivano arrestati o che fuggivano fra le braccia di un matrimonio rispettabile o che scappavano, terrorizzati, verso i loro villaggi d'origine. Aveva bisogno di qualcosa di più, di qualcosa che andasse oltre la noia dell'ordinario e della routine. Londra, in ogni suo aspetto, era diventata priva di lustro, pallida e smunta. Forse era per questo che desiderava lavorare in campagna. Circondato dal verde lussureggiante, dalla vita inarrestabile, dalla vivacità, si sentiva stranamente in pace. Pur continuando a sentirsi come alla deriva, in cerca di qualcosa.

Quell'estate era stata una serie interminabile di settimane solitarie.

Jonas registrò i propri pensieri finché la luce esterna non cominciò a calare.

Avvitò la penna, la infilò nel dorso del diario e si spostò alla finestra per osservare la nebbia che si faceva più scura. La coltre di quell'atmosfera si estendeva e oscurava gran parte dell'ampia distesa del paesaggio, ma verso il basso si vedevano ancora i contorni del lago. La sua superficie punteggiata di pioggia appariva grigio cenere come il cielo riflesso nelle sue acque. Lasciò vagare lo sguardo sui prati, che si sviluppavano a gradoni fino a incontrare la casa. Ogni gradone era circondato da brevi parapetti in pietra, praticamente invisibili a causa dell'edera e degli arbusti che vi crescevano sopra. Gli arbusti più grandi, un tempo curati, erano cresciuti e avevano assunto forme distorte. Su alcuni lati erano rigonfi e su altri si protendevano in escrescenze simili ad artigli. I bordi dei giardini erano stati invasi da erica e ginestra e, sebbene i colori sembrassero forti e sani per via delle piogge, la loro distribuzione suggeriva un'impenetrabile selvatichezza. *Che posto strano e fatiscente*, pensò Jonas mentre si appoggiava alla cornice della finestra e osservava la scena.

In quell'attimo, notò un movimento improvviso in un angolo lontano del giardino. Si spostò in avanti, avvicinandosi al vetro. Probabilmente si trattava di una volpe o di un uccello. E poi, eccolo di nuovo, un po' più in là lungo il parapetto, come un grande movimento di tessuto, che a Jonas parve un mantello che si allargava. Altrettanto rapidamente la forma si abbassò sotto il muro e Jonas dovette sforzarsi per vedere qualcosa nella luce fioca. Sentì gli occhi affaticati mentre appoggiava le mani sui vetri freddi della finestra e tentava di vedere che strada avesse preso quella forma improvvisa. Non riuscì più a distinguere alcun movimento e si rese conto che stava trattenendo il respiro.

Un colpo secco e breve alla porta lo fece sobbalzare.

Jonas scosse la testa per il nervosismo e invitò il visitatore a entrare.

Un bell'uomo dai capelli rossi entrò nella stanza e la mente di Jonas dimenticò l'ombra che aveva notato al di là della finestra. Jonas era abbastanza abituato ad avere un valletto ad assisterlo quando visitava delle proprietà di campagna. Il più delle volte, il ragazzo assegnatogli era nuovo, inesperto e nervoso, un servitore minore come, ad esempio, un cameriere in addestramento, o addirittura un servitore di sala. Sapeva che fare da valletto a un ospite come lui era un modo di fare pratica, e di solito gli sembrava di aiutare il giovane più di quanto il giovane non aiutasse lui. Ma quell'uomo non possedeva nessuna di quelle qualità. Era sicuro di sé e ovviamente orgoglioso, tanto da emanare quasi un'aria d'arroganza. Aveva l'altezza e l'aspetto per essere un primo cameriere, e portava bene la sua livrea. E lo sapeva. Jonas si chiese come mai avessero assegnato un esemplare del genere a un semplice progettista di giardini in visita, ma era chiaro che la famiglia era desiderosa di fare una buona impressione su di lui. E Jonas dovette ammettere che quello era un ottimo punto di partenza.

«Signore,» disse l'uomo con un cenno del capo. «Sono Cecil, sono venuto per aiutarla a vestirsi per la cena.»

«Ah, sì, Cecil, grazie.»

Cecil si fece avanti e, fermatosi davanti al camino, rimase a fissarlo. Ancora una volta Jonas ebbe la sensazione di essere valutato, e la cosa lo innervosì. Una cosa era che lasciare che i padroni di casa prendessero in considerazione un visitatore nella loro dimora. Ma che un valletto lo studiasse così apertamente e senza pudore era insolitamente audace. Jonas pensò che Cecil fosse un uomo bello e ardito, forse in maniera pericolosa.

«Sarah mi ha accennato che mi avresti fatto da valletto,» disse Jonas mentre il giovane continuava a fissarlo.

«Oh, Sarah,» disse Cecil con un sorriso. «Spero che non si sia dilungata troppo. Adora chiacchierare, la nostra Sarah.»

«È una giovane donna piacevole.»

«Nessuna storia di fantasmi, allora?»

«In effetti, ha detto qualcosa. Sostiene che la mia stanza è infestata dagli spiriti. E la cosa pare renderla piuttosto nervosa.»

Cecil ridacchiò. «Sarah è una credulona. Potrebbe essere la sua rovina un giorno, e non ne sarei affatto sorpreso. Ma per lo più si tratta di superstizioni e storie del genere.»

«Allora non credi che incontrerò dei fantasmi?» gli chiese Jonas.

«Non credo ai fantasmi, Signore. E anche se il fantasma che si dice infesti questa stanza esistesse, credo che Lei sarebbe comunque abbastanza al sicuro da qualsiasi sua cattiva intenzione.»

Jonas inarcò le sopracciglia.

«Dici? E perché mai?»

«Be', Signore. Dalle storie che si raccontano, questo fantasma sembra avere una particolare predilezione per un certo tipo di gentiluomini. E credo che si affezionerebbe parecchio a Lei, Signore.»

Il tono della voce del valletto fece arrossire le guance di Jonas, che si voltò verso il punto in cui era stato depositato il baule.

«Be', suppongo che dovrei vestirmi,» disse nel suo miglior tono aristocratico. «Non vogliamo far aspettare le signore della casa.»

«Al suo servizio, Signore.»

Sentì delle mani sulle spalle e si bloccò.

«La giacca, Signore,» disse Cecil a bassa voce.

Mentre veniva spogliato e rivestito, Jonas era consapevole delle mani del giovane su di lui. Si muovevano con un ritmo languido e l'intero processo ne risultava lento e protratto. Sentiva ogni centimetro del suo corpo che veniva misurato. Mentre le abili dita di Cecil gli abbottonavano il panciotto, Jonas continuò a osservare il fuoco, evitando ogni contatto visivo con il valletto. Quella bellezza pericolosa che aveva notato all'istante sembrava aleggiare tra loro come un miasma.

«È un peccato che si sia dovuto cambiare, Signore.»

«Perché mai?» chiese Jonas.

«Perché il panciotto blu scuro che indossava poco fa faceva risaltare i suoi occhi molto più di questo bianco.»

Jonas non riuscì a pensare a una risposta e dunque non ne diede alcuna. Si schiarì solo la voce ed esaminò la mensola del camino.

Cecil alzò le mani e spazzolò la giacca da sera.

«Il suo lavoro è nei giardini, è vero, Signore?»

«È così, sì.»

«Aiuta a tagliare gli alberi e cose del genere?»

«Come?» chiese Jonas, colto alla sprovvista.

«Lo chiedo perché Lei ha braccia e spalle da lavoratore.»

Jonas lo guardò.

«Mi dispiace, non volevo offenderla,» disse Cecil con un sorriso scherzoso. «Anzi, tutto il contrario. La maggior parte dei gentiluomini che vengono qui non sono robusti come Lei, Signore.»

Jonas sentì quella sensazione familiare sulla superficie della pelle. Cecil era audace per essere un servitore, ma Jonas supponeva che non avesse molte possibilità di svago in una casa con un personale poco numeroso. Doveva essere abituato a cogliere al volo qualsiasi opportunità gli si presentasse. Jonas si chiese se fosse così facile da leggere da ispirare una tale franchezza. La sua mente tornò a pensare alla grande solitudine che aveva provato negli ultimi tempi, alla mancanza di Pearson. Un giovane con un istinto così acuto come quello che sembrava avere Cecil sarebbe stato in grado di fiutare un bisogno così forte. E avrebbe persino potuto offrire a Jonas una distrazione per scrollarsi di dosso la sinistra atmosfera che lo aveva avvolto da quando aveva lasciato la comodità del salotto.

«Faccio scherma e ogni tanto un po' di boxe,» rispose. «E sono un nuotatore appassionato. Nuoto regolarmente, anzi, solo due settimane fa sono stato in una nuova struttura a Birmingham, in Moseley Road. Una piscina stupefacente.»

«Birmingham, è proprio da lì che vengo,» disse Cecil con un ampio sorriso.

«Città interessante. Un bel cambiamento rispetto alla campagna. Perché te ne sei andato?»

Cecil interruppe lo sguardo. «Ho dovuto farlo,» mormorò. «Non è stata una mia scelta.»

Il giovane si voltò, evidentemente non voleva parlare di quell'argomento. Jonas gli posò una mano sul braccio con delicatezza.

«Intendevo solo dire,» disse, «che doveva essere un posto più facile dove trovare dei divertimenti per un giovane gentiluomo come te.»

Cecil lo guardò, il suo sguardo esprimeva chiaramente il suo desiderio.

«Mi arrangio comunque, Signore.»

Jonas scosse la testa e sorrise. «Di questo sono sicuro, ragazzo mio. Sicurissimo.»

Cecil fece un passo in avanti in modo che i loro corpi fossero più vicini di prima, persino più vicini di quando si erano vestiti. Fece scorrere lentamente le dita lungo la linea del colletto inamidato di Jonas, toccando più la pelle che il tessuto, e le fece scendere fino alla gola, raddrizzando il papillon con un tocco carezzevole.

«Credo che scoprirà,» disse Cecil, con voce roca, «che sono molto bravo a divertirmi, Signore.»

Fissò Jonas e inclinò la testa. Le loro labbra si sarebbero potute toccare facilmente, e Jonas ebbe un'esitazione nel respiro. Riusciva a sentire il calore del corpo del valletto contro il suo, e dovette sforzarsi per non fare qualcosa di assolutamente sconveniente. La sua determinazione fu messa a dura prova quando Cecil si strinse a lui.

«Le piace divertirsi, Signore?» gli chiese.

Jonas sbatté le palpebre e si schiarì la gola. «Essendo spesso in viaggio a causa del mio lavoro, anch'io ho cercato divertimento dove potevo trovarlo.»

«Deve sentirsi piuttosto solo, a saltellare tra queste vecchie case, a chiacchierare con dame decrepite e colonnelli quasi sordi.»

«Anche quello ha i suoi vantaggi,» disse Jonas, sostenendo lo sguardo di Cecil.

«Davvero?»

Si strinse a Jonas e si baciarono. Fu un bacio elettrico e Jonas sentì il calore di lui diffondersi rapidamente in tutto il suo corpo. Non si era reso conto di quanto ne avesse bisogno. Erano state settimane davvero solitarie.

Cecil lo afferrò per la nuca, attirandolo in profondità nel bacio, con la lingua che esplorava e si faceva strada nella bocca di Jonas. Poi si staccò. Tirandosi indietro, gli studiò il viso, sollevando le dita per tracciare le linee delle sue labbra.

«Mi piacerà molto toccarla stasera,» disse.

Jonas si avvicinò per un altro bacio, ma Cecil alzò la mano.

«Ah, ah, Signore. Non c'è tempo adesso. Non è il caso di far aspettare le sue ospiti, o potrebbero pensare che Lei sia un ingrato.»

Jonas cercò di nuovo di aprire la bocca, ma Cecil girò la testa, sorridendo.

«Ti piace provocare, vero?» osservò Jonas.

Cecil lo guardò con un sorriso sfacciato. «Il fatto che mi piaccia avere il controllo non fa di me un provocatore, Signore.»

«Allora, sei piuttosto furbo forse.»

«E anche se lo fossi? C'è qualcosa di sbagliato?»

«No,» ammise Jonas, sorridendo. «Stavo solo dicendo a me stesso quanto mi piacciono le canaglie.»

«Be', Signore, forse allora saprò renderla molto affettuoso. Dopotutto, voi uomini snob non potete sempre decidere tutto.»

«Spero davvero di no.»

Cecil si allontanò e girò intorno al letto verso il corridoio della servitù.

«Allora ci vedremo stasera?» chiese Jonas.

Un sorriso si fece largo sulle labbra di Cecil. Fece un'alzata di spalle. «Può darsi, Signore. Ma forse no.»

Jonas ridacchiò. «Una canaglia, proprio come sospettavo.»

«Ma se deciderò di venire a trovarla, dovrò assicurarmi di portare qualcosa per Lei, per ogni evenienza? Qualcosa di particolare che possa darmi un buon motivo per venire a tarda sera?»

Jonas rifletté per un breve momento. «Una tazza di tè?»

Cecil fece un sorriso divertito. «Tè? Perfetto, Signore.»

«Lo è? Io bevo sempre una tazza di tè prima di ritirarmi la sera, per rilassarmi.»

«Dobbiamo assicurarci che sia rilassato allora, non è vero, signor Laurence?»

«Ammesso,» aggiunse Jonas, «che non sia troppo tardi per il tè.»

«Non credo che verrà trattenuto a lungo,» disse Cecil. «A sua Signoria non piace mai fermarsi fino a tardi. Deve controllare il suo prezioso stallone, no?»

«Come?»

Cecil si morse il labbro inferiore e lo guardò mentre di spalle si dirigeva verso il pannello di servizio.

«Non vedo l'ora di assistere allo svolgimento della serata, Signore,» sentì Cecil dire sottovoce mentre il pannello si chiudeva.

# Capitolo 4

Percorrendo il corridoio buio, Jonas desiderò aver chiesto a Cecil dove si trovasse la sala da pranzo, poiché lo ignorava e il freddo si era impossessato di lui già a pochi passi dalla sua stanza. Raggiunta la tromba delle scale, si fermò sul pianerottolo e sollevò la lampada per osservare ancora una volta il volto prepotente di nonno Stanley. Gli occhi sembravano ancora più diabolici di prima e turbarono Jonas fino al midollo. Era la sua immaginazione o il sorriso del dipinto sembrava marcato da un'espressione di disprezzo?

Ancora una volta ebbe la sensazione che il quadro riuscisse a vedere dentro di lui come avrebbe potuto fare una persona reale; ancora una volta sembrò che lo prendesse in giro.

«Oh,» disse ad alta voce e liquidò il quadro con un gesto.

«Si sente bene, signor Laurence?»

Si girò, sbigottito, e trovò la madre di Vita che lo aspettava in fondo alle scale.

«Oh, Lady Aldrange,» disse. «Non l'avevo vista.»

La donna gli rivolse lo stesso sguardo apparentemente distratto con cui lo aveva osservato in salotto.

A dispetto di tutta la sua presunta frivolezza, si capiva che possedeva una certa perspicacia.

«Sì,» disse lei, con voce leggera, «Clarissa ha pensato che dovessi assicurarmi che Lei conoscesse la strada per la sala da pranzo.»

«Capisco,» disse Jonas mentre scendeva le scale. «Grazie.»

«È un bel quadro, vero?» osservò Lady Aldrange quando Jonas la raggiunse.

«Sì, infatti.»

«Ne è molto attratto?» gli chiese.

«Devo ammettere che c'è qualcosa di stranamente attraente,» disse Jonas. «Per qualche motivo, mi sembra di dover conoscere l'uomo del dipinto, ma, naturalmente, è ridicolo.»

«Forse non è così ridicolo, signor Laurence,» disse Lady Aldrange con un sorriso.

Jonas si voltò di nuovo a guardarlo e scosse la testa.

«Mi perdoni. Credo di essere stanco per il viaggio. Una buona cena mi farà bene.»

La cena, in effetti, gli fu di molto aiuto. Prima che una domestica accompagnasse il bambino nella sua stanza, Jonas venne presentato al giovane Christopher, un piccolo vivace di circa tre anni, che assomigliava alla sua bella madre, e ne differiva solo per i colori. Il vino era abbondante e il cibo delizioso, uno dei migliori pasti che avesse fatto negli ultimi tempi. La sala da pranzo, come il salotto, era stata evidentemente ristrutturata di recente; era aperta e fresca, e le luci elettriche le conferivano un'atmosfera calda e accogliente. Era come se, scendendo le scale, fosse entrato in una casa completamente diversa. La conversazione era conviviale e costellata di risate.

«Posso chiederle,» azzardò la Contessa Madre mentre mangiavano, «come ha iniziato a occuparsi di progettazione paesaggistica?»

«Ho svolto il mio praticantato presso la Lansear & Sons a Londra,» spiegò Jonas. «È lì che ho stretto amicizia con vostro cugino Derrick. Lì ho conosciuto anche Lady Gertrude e io e lei siamo andati incredibilmente d'accordo. Ho sempre avuto un interesse personale per i giardini, ma non avevo mai pensato che potessero diventare un luogo verso cui poter dedicare i miei interessi creativi. Lei mi ha aperto gli occhi su questa possibilità attraverso il suo lavoro e mi ha preso sotto la sua ala protettrice. Ho continuato il mio apprendistato con lei, se così si può dire, per alcuni anni e poi io e Derrick abbiamo deciso di fondare il nostro studio con un collega architetto con cui lui era associato.»

«Lady Gertrude, che meraviglia,» disse la Contessa Madre.

«La conosce?»

«So molto di lei, naturalmente, ma non la conosco molto a livello personale, purtroppo. Tuttavia, ho avuto la fortuna di lavorare con lei in diverse riunioni.»

«Riunioni di»

La Contessa Madre scambiò uno sguardo con Lady Aldrange, che inclinò la testa.

«Per promuovere il suffragio. Vede, io sono una suffragetta. Crediamo nel voto alle donne. Immagino che Lei conosca il nostro movimento.»

«Oh, in effetti mi è alquanto familiare,» rispose Jonas con un sorriso.

La Contessa gli rivolse uno sguardo acuminato. «Sta forse sogghignando, Signore?»

«Niente affatto, mi ha frainteso, Sua Signoria. Vede, anch'io sono un po' suffragista.»

Lady Aldrange sembrò sorpresa.

«Lei?» chiese.

«Abbastanza. Sono venuto a conoscenza del movimento proprio grazie a Lady Gertrude, e lo sostengo con tutto il cuore. Temo di non poter essere troppo esplicito al riguardo, perché molti pensano sia un pessimo affare che un uomo sia coinvolto in queste faccende. Perciò i miei soci insistono che io tenga nascoste le mie inclinazioni. Dato che sono abituato a tenere nascoste svariate cose, me la cavo. Ma sono un membro della Lega degli Uomini per il Suffragio Femminile e ho contribuito a facilitare alcune riunioni per le leghe femminili, acquistando edifici in disuso per farne sale di lavoro e così via.»

«Che cosa straordinaria,» esclamò Lady Aldrange. «Non ho mai sentito parlare di una suffragetta maschio.»

«Eppure esistiamo, anche se non siamo molti, purtroppo.»

«Lei e mio figlio sarete un'accoppiata straordinaria,» disse la Contessa Madre.

«Accoppiata?» chiese Jonas. Si avvicinò al suo bicchiere, ma notò un piccolo scambio di battute silenzioso tra Vita e la suocera.

«Intendo dire che è l'unico altro uomo che ho conosciuto con una visione così lungimirante come la sua. Non fa parte di nessuna lega, ma è un pensatore moderno. Disprezza quello che lui chiama il tipo *etoniano*, gli uomini con cui è cresciuto a scuola e i loro modi antiquati.»

Jonas annuì. «Allora credo che andremo perfettamente d'accordo.»

«Oh, lo spero proprio,» disse Vita. Jonas incrociò il suo sguardo e vi notò una strana intensità. «Gli farebbe molto comodo un *vero* amico.»

*Amico?* si chiese Jonas. Ma era solo un dipendente, un consulente, in realtà.

Proprio in quel momento una raffica di urla provenienti dall'esterno interruppe la loro conversazione. Vita, spaventata, lasciò cadere la forchetta nel piatto.

«Quelle maledette volpi,» gridò Lady Aldrange. Si rivolse alla figlia. «So che tu e Graham non approvate gli sport sanguinari, cara. Ma bisogna davvero fare qualcosa.»

«Mamma, sai che siamo contrari alla caccia. Graham non vorrebbe mai che tutti quei nostri brutali vicini si aggirassero con i loro fucili nella nostra proprietà. È inconcepibile, davvero.»

«Ho sempre pensato,» disse Lady Aldrange, «che le volpi siano un'ottima sciarpa da donna o una guarnizione per un cappello.»

«Oh, mamma, davvero. Non essere orribile.»

«A volte Vita mi trova piuttosto sfacciata, signor Laurence,» disse Lady Aldrange, con gli occhi lucidi. «È sempre emozionante per una madre quando riesce ancora a stupire sua figlia.»

Jonas annuì e sorrise.

«Immagino di sì,» rispose.

Dopo aver cenato, si trasferirono tutti in un secondo salotto, ancora più spazioso della sala da tè. Dato che erano in pochi e lui era l'unico gentiluomo, nessuno vide la necessità di separarsi come si faceva di solito in altre case. Sia lui che Vita presero un brandy e le signore più anziane uno sherry, o forse tre. Discussero di musica e libri, interessi comuni che appassionavano tutti e quattro. Vita era particolarmente interessata a sapere tutto delle opere teatrali che Jonas aveva visto in città e si lamentò del fatto di non uscire più spesso per godere del palcoscenico. Jonas sospettò che anche lei avesse voglia di pubblico, visto che presto passò a suonare per loro al pianoforte. Suonava bene e aveva una voce forte e chiara, anche se la scelta della canzone, secondo Jonas, era un po' bizzarra. Si trattava di una ballata proveniente dall'America, che raccontava di una donna il cui marito l'aveva colpita a morte la sera prima del matrimonio e aveva gettato il suo corpo nel fiume. La sua interpretazione era così coinvolgente che Jonas si perse nella storia e, quando le ultime note si affievolirono, sentì un'ombra muoversi di nuovo sul suo spirito. Niente, tuttavia, che un altro brandy non avrebbe potuto aiutare.

«Le dispiacerebbe versarmi un altro sherry?» chiese la Contessa Madre mentre Jonas si avvicinava al mobile dei liquori.

«Certamente.»

Il mobile dei liquori si trovava vicino a una serie di grandi portefinestre che occupavano la maggior parte della parete su quel lato della stanza e che davano sul terreno. Mentre versava da bere, Jonas studiò una parte della tenuta che non aveva ancora visto. Non molto lontano, il terreno prendeva un'improvvisa pendenza che diventava una collina e conduceva a un boschetto di betulle che incorniciava la linea del bosco. I loro tronchi slanciati erano delineati dalla luce della luna e, attraverso di essi, gli parve di scorgere i contorni di una sorta di costruzione.

Socchiuse gli occhi per cercare di distinguere la sua forma completa, ma non ci riuscì a causa dell'oscurità. Sollevando il decanter di sherry per versare un bicchiere, venne colto da un movimento improvviso all'esterno. Non vide nulla. Ancora la sua immaginazione, decise, mentre si avvicinava per rimettere il tappo di cristallo. E poi, all'improvviso, un vortice di nero, come la figura di un uomo in movimento, attraversò la superficie bianca dell'edificio nascosto e dall'interno si sprigionò un bagliore di luce, come quello di una lanterna. Il tappo mancò il decanter e cadde con un tonfo.

«Tutto bene?» chiese Lady Aldrange.

«Chiedo scusa,» rispose Jonas. «Dita maldestre.»

Quando guardò di nuovo fuori, la luce era sparita. Riusciva solo a scorgere gli alberi e la luce della luna sembrava essersi nascosta dietro le nuvole, oscurando il profilo dell'edificio.

«Intende bere Lei stesso il mio sherry?» chiese la Contessa Madre con una risata. «Non sono del tutto sicura che si mescoli bene con il brandy.»

«Mi scuso, Sua Signoria,» disse Jonas, portandole lo sherry. Bevve un sorso del suo liquore. «Sono stato colto di sorpresa da quello che sembrava essere un edificio nella foresta, appena oltre il piccolo gruppo di betulle.»

«Oh, non è che un capriccio,» disse la Contessa Madre. «Il nonno di mio marito lo fece costruire per qualche motivo che non conosco. Certo, la servitù pensava che l'avesse fatto erigere per delle avventure romantiche notturne, ma chi può dirlo. Nessuno lo usa più. Anzi, si sta sgretolando. Sono molte le volte che ho pensato di farlo demolire.»

«Quindi non ci va più nessuno?»

«Non vedo perché qualcuno dovrebbe,» rispose la Contessa, ridendo.

«Perché ride?» le chiese Jonas con un sorriso.

«Oh, mi ricorda la storia di quella cameriera,» rispose la donna. «Constance, credo si chiamasse. Vede, la servitù ha sempre sostenuto che il capriccio è infestato. L'amante di uno dei conti del passato è stato ucciso lì o si è tolto la vita, o chissà cosa. E Lei sa quanto piace spettegolare alla servitù. Ma, in realtà, pensano che metà della tenuta sia infestata, ovviamente. Allora perché non anche il capriccio? È tutto piuttosto ridicolo.»

«E questa cameriera, Constance?»

«Così si racconta, pare che abbia giurato di aver visto qualcosa che l'ha sconvolta a tal punto da non riuscire a parlare per giorni. Mio marito disse che si rifiutava di passare di nuovo davanti a quella costruzione,» Lady Stanley scosse la testa, ridendo di nuovo. «Era una sguattera e il suo dormitorio era dall'altra parte degli alberi. Ma si rifiutava di andarci, o faceva lunghi percorsi tortuosi. Era diventata piuttosto inutile se si trattava di fare qualche faccenda fuori dalla cucina, in effetti. Ma alla fine andò via e trovò un'altra casa in cui lavorare.»

«Uno con meno fantasmi, forse,» aggiunse Vita, con una strizzatina d'occhio.

«Cosa può aver visto da sconvolgerla così tanto?» chiese Jonas.

«Chi può dirlo, mio caro ragazzo?» disse la Contessa Madre. «Alcuni membri del personale, soprattutto quelli dei piccoli villaggi, si scandalizzano facilmente. Si sa, sono ancora impantanati in antiche superstizioni. Inoltre, questa Constance era la figlia di un vicario, e sapete come possono essere: la minima cosa la sconvolgeva oltremodo. Lord Stanley, mio marito, mi disse che una volta ricordava di averla sentita sussultare quando suo padre baciò la mano di sua madre fuori dalla chiesa una domenica. Era davvero una piccola sciocca. E poi, naturalmente, girava la voce che non avesse davvero trovato lavoro altrove, ma che, in realtà, fosse stata uccisa. O annegata nel lago o qualcosa del genere.»

«Davvero?» disse Vita, con la voce piena di sorpresa. «Graham non me l'ha mai detto.»

«Immagino che abbia pensato, come tutti noi, che fosse ridicolo» rispose la Contessa Madre. «Naturalmente non c'erano prove che suggerissero un omicidio. Mio marito ne ha sentito parlare solo attraverso la servitù e, come ho detto, hanno le loro ragioni per credere che ci sia un fantasma in ogni stanza vuota.»

Jonas osservò la fila di alberi. Forse è ridicolo, pensò, ma cominciava ad avere dei sospetti.

«Flora, vieni ad aiutarmi ad andare a letto,» disse la Contessa Madre. «È ben oltre l'ora di raccontare storie e credo di aver esagerato con lo sherry.»

Le signore più anziane si accomiatarono, mentre Jonas dava un'occhiata ai pochi libri su uno scaffale vicino, popolato per lo più di soprammobili.

«Le piace leggere?» chiese Vita.

«Oh, sì, molto. Un buon libro è molto utile quando si viaggia tanto come me. Mi aiuta a mantenere la sanità mentale, almeno lo spero.»

«La biblioteca di famiglia si trova nella stanza accanto. Prenda in prestito qualsiasi cosa possa essere di suo interesse. Temo che quei pochi che ci sono qui siano stati scelti più per i dorsi e le rilegature colorate che per il contenuto.»

«Grazie, allora,» disse Jonas. «Potrei accettare la sua proposta. Le verso un altro brandy?»

«Temo di averne bevuto abbastanza. Potrei anche ritirarmi, se non è troppo scortese. Non amo fare le ore piccole.»

«Non è affatto scortese, assolutamente. Apprezzo che mi abbia fatto compagnia questa sera.»

«Sono sicuro che Graham avrebbe fatto un lavoro migliore, ma sono contenta che si sia trovato bene finora. Si goda il fuoco, le bevande e i libri per tutto il tempo che desidera, con i miei complimenti. Non c'è nessuno che possa essere disturbato, quindi non faccia caso all'ora. Dirò alla cameriera di lasciare una lampada accesa sul pianerottolo.»

«Grazie, Sua Signoria. È stata una bella serata.»

«Non c'è di che, *Jonas*,» disse lei con un sorriso.

«Sì, certo,» rispose lui, sorridendo.

Rimase seduto accanto al fuoco ancora per un po' a sorseggiare il suo brandy, poi sentì la stanchezza della giornata farsi avanti. Anche se dubitava che avrebbe avuto bisogno di un libro per dormire, soprattutto se la promessa di Cecil si fosse rivelata vera, Jonas decise di fare un salto in biblioteca per dare un'occhiata. Le biblioteche erano sempre state una delle sue stanze preferite e gli piaceva vedere quelle grandiose che si trovavano in case come quella.

La biblioteca era tutt'altro che deludente, anzi, era una delle più magnifiche in cui si fosse imbattuto. Il perimetro era ricoperto di mensole in quercia, dal colore scuro e intenso, che correvano dal pavimento al soffitto, con diverse scale su rotelle e sedie dalla seduta imbottita sparse ovunque. Si avvicinò all'interruttore della luce ma si fermò. Sul lato opposto della stanza c'era una grande finestra, dalla cui tenda aperta, la luce della luna scendeva in un'ampia fascia sugli scaffali, facendo risaltare la foglia d'oro delle rilegature e danzare nell'oscurità i titoli incisi. Gli sembrò uno spettacolo magico e rimase a guardare per un attimo prima di dirigersi verso la finestra.

I suoi occhi si mossero lungo le file di libri mentre si avvicinava alla vetrata. Tirò giù un titolo e fece un passo indietro, guardandolo alla luce della luna. Non era un libro di cui aveva sentito parlare, ma sfogliò le prime pagine. Alzando lo sguardo, notò che la finestra si affacciava sulla stessa zona della tenuta che aveva studiato dal mobile dei liquori. La luce della luna sembrava più intensa ora, ed egli scrutò verso la fila di alberi che gli era ormai familiare. Riuscì a scorgere il profilo del tetto del capriccio che si stagliava contro l'oscurità della foresta. E poi, proprio come prima, una luce che proveniva dal suo interno. Sbatté le palpebre, sporgendosi in avanti per assicurarsi di non averla immaginata. Ma in effetti c'era una specie di lampada o lanterna accesa all'interno della struttura. Questa poteva essere l'unica spiegazione del fatto che la fonte sembrava muoversi all'interno del piccolo edificio, con i suoi archi e le sue colonne. Era sicuro che alla luce del giorno si potesse vedere direttamente attraverso il capriccio, ma la cappa della notte ne nascondeva alcune parti. Su una porzione di muro visibile, le ombre sembravano muoversi nella luce. Non riuscì a distinguerle bene a quella distanza, ma quando si sovrapposero e si accavallarono, gli venne in mente che all'interno doveva esserci più di una persona, o comunque più di una creatura. La luce smise di muoversi, ma le ombre continuarono. Avrebbe voluto aprire la finestra per vedere cosa sarebbe riuscito a sentire, anche se da così lontano probabilmente non avrebbe percepito nulla.

Decise di mettere alla prova un'idea e, allungando la mano dietro di sé, accese una lampada da tavolo nelle vicinanze. La luce elettrica irruppe nell'oscurità e illuminò l'intero angolo. Si voltò e notò che la luce della lampada all'interno del capriccio si era immediatamente spenta. Rimanendo in piedi nella cornice della finestra, Jonas rimase in attesa, attento, per vedere se la luce sarebbe tornata. Consapevole di essere visibile al bagliore della lampada, si sentì in imbarazzo. Riportò il libro che teneva in mano sullo scaffale e spense la lampada da tavolo. Scivolando di lato, si mosse come se stesse per andarsene, ma invece si schiacciò contro la parete e sbirciò attraverso il drappeggio che avvolgeva la cornice della finestra. Dopo qualche istante, la luce si accese di nuovo all'interno del capriccio e le ombre in movimento tornarono. Ci fu un attimo di gran movimento, a giudicare dalle ombre, e poi la luce si spense. Jonas rimase lì ancora per qualche istante, per vedere se si fosse riaccesa, prima di rimproverarsi per essersi comportato come una spia o un guardone. Se nella tenuta si fosse svolta qualche attività clandestina, di certo non sarebbero stati affari suoi. Rinunciò a trovare del materiale da leggere e si diresse verso le scale.

Sul pianerottolo, recuperò l'unica lampada accesa e lanciò un'occhiata all'enorme dipinto. Il vecchio Lord Stanley sembrava guardarlo con le sopracciglia inarcate.

«Sono sicuro che anche tu hai fatto un po' di spionaggio ai tuoi tempi,» disse Jonas sottovoce.

In quel momento gli sembrò di sentire dei passi provenire dall'ala orientale, in direzione della sua stanza. Salì rapidamente le scale successive e alzò la lampada. Non si vedeva né si sentiva nulla, così si diresse verso la camera da letto.

Nella sua stanza, il fuoco emetteva un ruggito molto confortevole, ma Jonas si trovò da solo. Si guardò intorno, chiedendosi se Cecil dovesse ancora arrivare ma vide la sua camicia da notte stesa sul materasso. Una piccola fitta di rammarico gli balenò dentro. Aveva conosciuto Cecil solo poche ore prima e, naturalmente, non aveva un vero attaccamento verso quell'uomo, ma doveva ammettere che gli avrebbe fatto bene un po' di compagnia. Quella casa, per quanto piacevoli fossero i suoi abitanti, lo aveva lasciato piuttosto freddo e solo.

Mentre si infilava la camicia da notte, notò la tazza sul comodino. Sorrise. Anche se il loro appuntamento era saltato, l'uomo gli aveva portato la tazza di tè come promesso. Tra la stanchezza e l'alcol, dubitava di aver bisogno di un incentivo per dormire, ma pensò di berne comunque un po'. Si sedette sul letto e portò la tazza alle labbra, sorseggiando il liquido tiepido. Si ritrasse, facendo una smorfia. L'amaro era oltremisura e il sapore era diverso da qualsiasi tè avesse mai bevuto. Era stato un gesto gentile, pensò mentre riponeva la tazza sul tavolino, ma avrebbe dovuto rinunciare a berlo.

Jonas sentiva che avrebbe dovuto essere sveglio, ma non ne era sicuro. Un rumore, come un basso ronzio, gli fece aprire gli occhi. Gli sembrava d'essere sott'acqua. La testa gli nuotava e gli faceva male. Non tanto come un dolore, quanto come un senso di peso che lo tirava, cercando di trascinarlo nell'incoscienza. Ma lui voleva svegliarsi. Cercò di mettersi a sedere, ma il suo corpo non volle collaborare. Gli arti sembravano fatti di pietra. Sbatté le palpebre, cercando di mettere a fuoco, ma tutto intorno era buio pesto. Da qualche parte, in lontananza, sentì un suono simile a un tuono, come il battito della pioggia su un tetto. E ancora più vicino, un ronzio. Era ancora nel letto di quel posto, di quella Hillcomb Hall, lo sentiva. Girò la testa, con uno sforzo che gli sembrò enorme, verso il punto in cui avrebbero dovuto esserci le finestre. Ma erano buie, parte dell'oscurità, con le tende chiuse, come se non fossero mai davvero esistite. Solo un muro di nero. Anche il fuoco sembrava consumato o spento, poiché non faceva alcuna luce.

Chiuse gli occhi e il buio rimase uguale. Il ronzio riprese e poi un tocco, dita che gli sfioravano le gambe. Aprì gli occhi ma non vide nulla. Il ronzio si fermò. I polpastrelli si trasformarono in mani e le mani si spostarono verso l'alto, accarezzandogli le cosce. Cercò di nuovo di sedersi, ma non ci riuscì. Cercò di muoversi, ma gli arti erano rigidi come tronchi. Era come se fosse legato al letto, appesantito da una forza invisibile e mistica che aveva totale controllo. Eppure, sentiva quelle mani, che gli stringevano la curva solida delle cosce e si muovevano fra loro, salendo sempre più su. Fino a quando una mano lo cullò, la sua parte più delicata nel suo palmo caldo. Un'altra mano si avvicinò e cominciò ad accarezzarlo attraverso il tessuto della camicia da notte. *No*, cercò di gridare, ma la sua voce era solo un rantolo, senza forma, senza parole. Tentò di sollevare la testa, ma gli cadde all'indietro. Lasciò cadere il viso contro il cuscino; sentì la stoffa fresca contro la guancia.

Le mani si spostarono di nuovo in basso e si infilarono sotto la camicia da notte, sollevandola lungo il suo corpo. Jonas cercò di nuovo di parlare, ma sentì un suono simile a un sibilo sommesso. Una voce che non riconobbe zittì le sue proteste. *No*, disse, in un sussurro spettrale. Le sue mani, muovendosi come un fantasma, spinsero la stoffa verso l'alto fino a esporre tutto il suo corpo, dal petto in giù. Le braccia accanto a lui non gli permisero di piegare i gomiti per cercare di sentire la presenza che lo manipolava. *Non toccare*, lo avvertì quel sussurro sibilante. E poi sentì delle labbra, dei baci sulla pelle. Su e giù per il busto, intorno all'ombelico, e poi di nuovo su. Quella che sembrava una lingua gli sfiorò un capezzolo e poi un altro, succhiando leggermente, stuzzicandolo. Jonas girò di nuovo la testa, sollevando il mento e cercando di gemere. Ma non era sicuro che gli sfuggisse qualcosa dalla gola, se non un sospiro roco. Le labbra che lo baciavano si spostarono in basso, sotto l'ombelico, la lingua lo leccò dov'era comparsa un'erezione. Jonas era impotente a fermare la risposta del suo corpo. La bocca baciava, leccava, succhiava; le mani si muovevano sulle sue cosce, sullo stomaco, gli accarezzavano il membro.

I tocchi sembravano elettricità, come se ogni parte di lui fosse energia statica, come se potessero trapassarlo; brillavano contro di lui come venti tempestosi, gli rimbombavano contro la pelle come un tuono. La bocca lo avvolgeva, lo prosciugava. E poi, come un lampo, con la testa rovesciata all'indietro, Jonas raggiunse l'apice di quelle sensazioni. Sentì sospiri strappati dalla gola e chiuse gli occhi. Non poté più lottare e ricadde in un sonno profondo.

# Capitolo 5

Jonas si svegliò sbattendo le palpebre e cercando di concentrarsi. Si sentiva intontito e scosse la testa nel tentativo di diradare la nebbia che la riempiva. Avvicinò le lenzuola, quasi a coprirsi il viso, per combattere il freddo. La stanza era decisamente gelida. Rabbrividì ed emise un piccolo gemito di disagio.

«Accenderò il fuoco in un attimo, Signore.»

Sentendo la voce di Sarah, Jonas si alzò a sedere nel letto.

«Oh, Sarah, non mi ero accorto che tu fossi qui.»

«Mi fa piacere sentirglielo, dire, Signore, dato che devo essere invisibile. Mi scuso per il freddo che fa qui dentro. Sua Signoria ha detto di non disturbarla fino a quando non foste stato pronto; quindi, non sono entrata tanto presto come avrei fatto di solito. Non volevo aspettare troppo a lungo, però.»

«È davvero così tardi?»

«Non molto, Signore. Ma avete dormito durante il periodo della colazione. Sua Signoria ha detto che probabilmente siete esausto a causa del lungo viaggio che avete fatto. Ha detto che, se vuole, possiamo portarle da mangiare qui.»

«Si pranza presto?»

«Fra un paio d'ore, Signore.»

«Allora credo che mi basterà un po' di caffè, se ce n'è. E un po' di pane tostato. «

«Certo, Signore.»

Dopo aver acceso il fuoco, Sarah si alzò in piedi, togliendosi le maniche staccabili che servivano a evitare la fuliggine sulla divisa.

«Anche Cecil dice di mandare le sue scuse,» disse.

Jonas sbatté le palpebre e scosse di nuovo la testa. «Le sue scuse?»

«Sì, Signore,» rispose lei, raccogliendo le sue cose. «Avrebbe dovuto assisterla ieri sera, ma il maggiordomo lo ha chiamato per un compito che doveva essere svolto immediatamente. Così non ha potuto essere utile e mi ha chiesto di preparare i suoi vestiti. E visto che Sua Signoria ha detto di lasciarla stare, non era qui nemmeno stamattina per vestirla.»

«Non c'è problema. Sono abbastanza indipendente, davvero,» rispose Jonas. «Quindi sei stata in camera mia ieri sera Sarah?»

«Sì, Signore.»

«Allora sei stata tu a lasciarmi il tè? Mi chiedevo che tipo fosse, aveva un sapore insolito.»

Sarah aggrottò le sopracciglia. «Il tè, Signore?»

«Sì, il tè...» Si girò per indicare il comodino, ma era vuoto. Si guardò intorno, cercando di scorgere la tazza. «Dov'è finita la tazza? L'hai tolta tu?»

«La tazza? Sono sicura di no.»

Jonas era perplesso. «Ieri sera, quando sono tornato, c'era una tazza di tè accanto al mio letto. Una roba dal sapore piuttosto amaro, devo dire. E mi sono chiesto se fosse davvero tè.»

«Non so di nessun tè, Signore.» Anche Sarah lanciò un'occhiata alla stanza, come se potesse aiutare a risolvere il mistero. «Non l'ho portato ieri sera e non c'era nessuna tazza quando sono entrata per accendere il fuoco. E poi stava dormendo profondamente, quindi non credo che l'avrebbe spostata.»

«Allora stavo russando?»

«Be', non direi, Signore.»

«Ma non hai visto nessuna tazza?»

Sarah era ormai seriamente coinvolta nella faccenda. «No, non l'ho fatto, a pensarci bene. L'unica cosa che ho visto è stato il bicchiere vicino alla brocca dell'acqua.»

Jonas cominciava a sentirsi un po' sciocco. «Che mi venga un colpo. Che strano. Avrei giurato... Comunque, grazie, Sarah. Non è importante, davvero.»

Lei annuì e si diresse verso il pannello di servizio.

«Vado a chiamare Cecil per vestirla, Signore?»

«No, no, grazie, posso farlo da me. Ma caffè e pane tostato sarebbero splendidi.»

Quando Sarah se ne fu andata, Jonas si alzò dal letto, gemendo mentre si metteva in piedi e stringendosi la testa fra le mani. Troppo brandy in salotto; doveva essere per forza così. Ecco la scusa per le sue sfrenate fantasie notturne: troppo brandy e troppa immaginazione in gioco. Ma aveva sognato una tazza di tè? Sembrava una cosa davvero strana da creare. Sì, certo, era abituato a prendere il tè prima di andare a letto, ma perché doveva rimanergli così impresso in mente e il sapore amaro addirittura. Cosa aveva bevuto? Non aveva senso, ma era l'ennesima stranezza di quella casa che lo confondeva.

Proprio come il bizzarro sogno che aveva fatto e che gli era sembrato così reale. Ma come poteva esserlo? Non aveva più avuto l'uso del corpo e della voce, che cosa avrebbe potuto causare una reazione del genere? Se non avesse saputo quanto un pensiero come quello fosse sciocco, avrebbe giurato di essere stato posseduto, come se uno spirito o un'infestazione avessero preso il controllo del suo corpo. Da dove venivano quei pensieri? Prima d'ora non era mai stato uno che aveva trovato diletto con le immagini raccapriccianti di streghe e fantasmi. Quella casa aveva fatto qualcosa per deformare la sua mente, ne era sicuro. Forse quel luogo era davvero abitato da qualche spirito maligno che avviluppava i visitatori per farli sentire come se stessero perdendo la ragione.

*O forse*, si disse Jonas, *si era trattato soltanto di una notte di cattivo sonno in un luogo sconosciuto durante un temporale.* Annuì e si sfregò le mani mentre si sedeva al piccolo scrittoio per annotare i suoi pensieri nel diario. Sarebbe stato divertente, si disse, ripensare a quello strano incubo quando fosse tornato negli agi della sua casa londinese. E il caffè, anticamera di una giornata di lavoro, lo avrebbe aiutato a schiarirsi le idee. Sperava, infatti, che Sarah gliene portasse un bricchetto. Voleva essere vigile mentre visitava il terreno, poiché c'erano molte cose che desiderava esaminare.

Scendendo le scale, incontrò la Contessa Madre e Lady Aldrange nell'atrio.

«Ah, signor Laurence, spero che abbia dormito bene,» chiese Lady Aldrange.

«Abbastanza bene, grazie.»

«Sì, è sempre una sfida la prima notte in un nuovo letto, non è vero? Non ci si adatta mai bene,» disse allegramente Lady Aldrange.

«Temo che abbia saltato la colazione,» disse la Contessa Madre. «Ma basta suonare se desidera avere qualcosa.»

«Non c'è problema. Mi hanno già portato caffè e pane tostato.»

«Bene,» disse la Contessa Madre. «Abbiamo deciso di fare una passeggiata in paese. Non ci piace far uscire i cavalli dopo una tale tempesta, ma il suo aiutante Donaldson ha portato fuori l'automobile questa mattina –ha detto che fa bene al motore – e ci ha assicurato che le strade non sono troppo orribili dopo la tempesta di ieri. Potremmo fermarci per il pranzo, naturalmente.»

«C'è Donaldson in giro?»

«Oh, sì, è appena uscito per dare una lucidata alla macchina.»

«Allora devo insistere che gli permettiate di darvi un passaggio. A meno che non preferiate la passeggiata, naturalmente.»

«Ci piace molto camminare...»

«Oh, Clarissa, mi piacerebbe fare un giro in automobile!» interloquì Lady Aldrange. «Graham ne ha una, naturalmente, ma la porta con sé in città così spesso che difficilmente abbiamo la possibilità di salirci. Vita ha parlato di comprarne una per la casa da quando è nato il piccolo Christopher, ma tra una cosa e l'altra, usiamo ancora le nostre vecchie carrozze.»

«Allora dovete farlo, vi prego. Avete detto che il tempo qui è molto imprevedibile e Donaldson ama ogni scusa per mettersi in viaggio.»

«Be', se davvero non le dispiace,» disse la Contessa Madre, «sarebbe molto più comodo.»

«Oh, davvero!» esclamò Lady Aldrange. «E a proposito di cavalli, signor Laurence, Vita dovrebbe tornare a breve. È andata a fare il suo giro mattutino, lo fa sempre dopo colazione. Ha sviluppato una vera passione per i cavalli da quando si è trasferita a Hillcomb.»

«Attenderò con ansia il suo ritorno.»

«Gli schizzi!» proclamò Lady Aldrange. «Me ne ero quasi dimenticata. Ieri sera ha accennato che avrebbe fatto qualche schizzo dopo il giro con Vita, oggi. Così ho trovato una serie di acquerelli che ho fatto con Graham molti mesi fa. Li abbiamo basati sulle aree attuali del giardino e lui mi ha dato istruzioni su come immaginava i cambiamenti che ho cercato di tradurre sulla carta. Ho pensato che le potessero essere utili come riferimento.»

«Sarebbero di grande aiuto.»

«Bene, Vita ve li mostrerà.»

Jonas le aiutò a salire in macchina e, sebbene Donaldson avesse appena finito di lucidarla, non sembrava affatto scoraggiato alla prospettiva di affrontare strade fangose. Con un cenno della mano, Jonas li vide partire in direzione del paese.

Come rispondendo a un segnale, dal lato orientale della casa Jonas vide Vita arrivare lungo il prato in pendenza. Indossava un bel completo da equitazione, adatto a una sella laterale, di colore verde e nero. Le sue guance erano rosee e i capelli leggermente scompigliati, ma per il resto sembrava abbastanza rilassata e il ritratto della salute. Una visione confortante per Jonas, dopo quella nottata tormentata da idee strane e sogni sconcertanti.

«Buongiorno, Vita. Ho appena visto partire le vostre madri per il villaggio.»

«Splendido,» disse lei. «Cominciamo subito il nostro giro?»

«A meno che non preferisca prima cambiarsi?»

«Niente affatto, quest'abito è perfetto per andare in giro per il giardino. Venga, cominciamo dal lato est, visto che siamo qui.»

Vita lo accompagnò lungo il prato in pendenza, che in realtà era più una collina, e chiacchierarono di tutti i diversi tipi di alberi che erano stati piantati nel corso degli anni. Le betulle, che aveva notato la sera prima, sembravano piuttosto anemiche rispetto alla vegetazione rigogliosa e piena delle querce e degli olmi alle loro spalle, ma in un certo senso conferivano fascino all'ambiente.

«Ecco il capriccio che ho notato dalla finestra,» disse Jonas, indicandolo. Alla luce del giorno, notò quanto fosse solido. Era in stile finto-corinzio piuttosto datato, ma non tanto una bruttura, né così fatiscente come le parole della Contessa Madre gli avevano fatto credere.

«Viene usato ancora molto?» chiese.

«Usato?» rispose Vita, scostando alcune ciocche di capelli dal viso. «Per cosa esattamente?»

«Oh, feste in giardino, festini, fiere di paese, quel genere di cose.»

«Oh, sì, capisco.» Scrollò le spalle. «Non mi è mai venuto in mente, in realtà. Come proprietari della terra, e così via, non abbiamo fatto molto in termini di intrattenimento da quando sono arrivata a Hillcomb. Ma è un'idea. Nonostante quello che dice mia suocera, non vedo la necessità di demolirlo. Sono sicura che può essere ancora utile.»

«Sì, molto pratico, ne sono certo,» disse Jonas. Il suo pensiero andò all'andirivieni segreto di cui doveva essere stato testimone la sera prima, ma non lasciò che il suo tono lo indicasse.

Quando girarono un angolo della casa, furono accolti da una grande struttura attaccata all'edificio principale che lo sorprese. Jonas si fermò e la esaminò.

«È la vecchia cappella,» osservò Vita.

«Non vedevo una cosa del genere da secoli,» disse Jonas.

Come la grande casa era stata costruita nello stile di un edificio molto più antico della sua effettiva data di costruzione, così anche la cappella era stata resa arcaica. Faceva pensare a un luogo di ritrovo medievale, come la prima chiesa di un villaggio di contadini. Ma, a differenza della casa a cui sembrava così maldestramente attaccata, la facciata non lo convinceva. Nonostante il suo tentativo di replicare una forma d'arte grezza, il risultato finale sembrava eccessivamente intenzionale. Persino l'edera che si arrampicava sui lati, minacciando di sovrastare l'intera struttura, pareva essere stata collocata lì a effetto. Era allo stesso tempo brutta e bella, e in modo provocatorio. Come se sfidasse chiunque entrasse a mettere in discussione la sua pretesa d'essere la reliquia di un mondo dimenticato.

«Probabilmente dovremmo rimuoverla dalla casa, visto che è quasi in disuso. Risale ai primi tempi della proprietà, quando la zona era molto meno popolata. Alla famiglia non piaceva doversi sempre recare in chiesa a una certa distanza da qui, così fece costruire una piccola cappella sul lato dell'edificio. Per i battesimi e altri eventi del genere. Si poteva accedere anche dall'interno, quindi era comodo quando il tempo era brutto La porta è ancora lì, naturalmente, anche se chiusa a chiave e credo sigillata, ma chi lo sa. Come può vedere, hanno lasciato questa parte esterna tornare alla natura. Graham mi racconta che quando era piccolo giocava spesso lì dentro, e inventava avventure e storie.»

«È un'architettura affascinante e mi piace l'effetto che l'età ha avuto su di essa. Potrebbe essere utile per la progettazione di quest'area del parco. Magari per inserirla in un disegno più ampio fatto di piante o altro.»

«Mi sembra una buona idea. Credo che Graham la apprezzerebbe molto.»

Continuarono a camminare lungo la collina fino a raggiungere i prati sul retro, di cui Jonas aveva studiato alcune porzioni dalla finestra della camera da letto. Parlarono delle piante che si erano impossessate del luogo e dei muretti di pietra che erano stati costruiti per delimitare le aree.

«Così privo di raffinatezza e deprimente,» disse Vita. «Proprio elisabettiano, come ripete sempre mia suocera.»

Jonas si trovò a camminare fino al margine estremo del prato, dove iniziavano gli alberi. Guardò nel bosco e vide qualcosa.

«Ah, quindi c'è una casetta lì,» proclamò.

Vita si avvicinò.

«Sì, un cottage. Lo trova particolarmente interessante? Ce ne sono molti nella tenuta.»

«No, non particolarmente,» confessò Jonas. «Ma ieri, mentre ero in piedi davanti alla finestra, mi è sembrato di vedere del movimento. La pioggia e il buio, tuttavia, mi oscuravano la vista e non sono riuscito a capire davvero di cosa si trattasse.»

Vita gli rivolse uno sguardo curioso. «Le piace scrutare fuori dalle finestre, vero?»

Jonas si sentì messo alla berlina.

«Suppongo di sì, ma forse deve sembrarle un po' scortese. È solo che guardo sempre al paesaggio, credo si possa dire così. È lì che i miei occhi vengono attratti, per cercare di capire come s'incontrano natura e uomo.»

Vita fece un piccolo sorriso. «Non è scortese, non credo. La curiosità è sempre salutare. Comunque, quel cottage appartiene a Patrick, il capo stalliere.

Immagino lo abbia intravisto mentre tornava a casa.»

«Ah, sì, Patrick. Lo abbiamo incontrato al nostro arrivo. Dev'essere stato proprio così. Ha perfettamente senso.»

Si spostarono di nuovo verso la parte principale del giardino, studiando le panchine coperte di vegetazione, le pietre di pavimentazione crepate dal tempo. Si trovarono davanti a una fontana che era stata reclamata dall'età e dall'incuria. Dei rampicanti ne avvolgevano la torre principale, i loro viticci si stringevano prepotentemente intorno alla statua dell'angelo in cima, e dei fiori colorati coprivano il suo volto di pietra, fatta eccezione per uno degli occhi.

«Lord Stanley dovrebbe rientrare prima di cena?» chiese Jonas mentre osservavano la fontana.

«In realtà no,» rispose Vita. «Potrebbe volerci ancora un giorno o poco più.»

«È successo qualcosa?»

«Niente di grave, almeno non credo, altrimenti lo avrebbe detto.» Cominciò a camminare in direzione della casa principale. «Io e Patrick siamo andati in paese stamattina presto e ci siamo fermati all'ufficio postale. C'era un telegramma di Graham che diceva di aver subìto un ulteriore ritardo.»

«Capisco.»

Jonas cominciò a sentirsi sfruttato e quel pensiero prese a tormentarlo. Gli pareva di trovarsi lì non nella veste promessa, ma come una sorta d'intrattenimento. Era lì solo per distrarre un trio di dame annoiate?

«È terribilmente infastidito?» chiese Vita.

«Potrei chiederle lo stesso, Lady Stanley,» scattò lui. «Lei non è terribilmente infastidita? Questo continuo avanti e indietro, aspettando vostro marito e non sapendo mai esattamente quando si presenterà? Sembra una specie di gioco di carte. Non riesco a capire come faccia a sopportarlo.»

Jonas abbassò la testa, sorpreso dalla sua stessa veemenza, e fece scrocchiare le dita. Quando guardò Vita, lei aveva un'espressione piuttosto sorpresa. «Mi scuso,» disse in tono calmo. «È stato disdicevole da parte mia e di certo non sono affari miei.»

Vita lo considerò per un attimo. «No, no,» disse. «Non c'è nulla di cui preoccuparsi. Graham ha detto che Lei è piuttosto incline agli eccessi di passione.»

«Graham ha detto così?» Fu il turno di Jonas di sembrare preso alla sprovvista. «Non sapevo che Lord Stanley fosse a conoscenza del mio temperamento.»

«Non lo sa, ovviamente, solo per fama. Immagino che Derrick gli abbia raccontato alcuni aneddoti durante i loro incontri. Chi può sapere cosa combinano gli uomini con il porto e i sigari dopo cena?»

Jonas rimase in silenzio per un momento. Non aveva considerato l'intimità di Derrick con la famiglia. Quale immagine di Jonas aveva dipinto Derrick per loro? Lord Stanley aveva forse una sorta di timore nei suoi confronti, per questo aveva ritardato così tanto il suo arrivo?

«Per rispondere alla sua domanda,» riprese Vita, interrompendo il suo rimuginare. «L'assenza di mio marito non mi irrita perché trovo molto altro da fare.»

«Come i cavalli?»

«Sì, come i cavalli.» Rise tra sé e sé. «Oh, signor Laurence, Lei non vede solo la superficie delle cose, vero? Graham ha accennato anche a questo.»

Jonas cercò di capire a cosa potesse alludere la donna riguardo alle cose su di lui menzionate in precedenza. Sembrava proprio che fosse già stata presa una decisione su che tipo di persona fosse.

«Temo che sia il frutto di una mente inquieta. Non sono abituato a stare così tanto da solo con i miei pensieri.»

«Devo confessare che mi piace molto stare da sola con i miei pensieri,» disse Vita.

«E non le provoca alcun tipo di risentimento?» chiese Jonas. Pensò a Pearson, seduto nell'appartamento di Londra, da solo.

Vita rise, sorprendendolo.

«Risentimento? Nient'affatto. Vede, Jonas, io e mio marito siamo stati amici per la pelle per gran parte della nostra vita. Anche prima di sposarci. Nessuno di noi due si è mai fatto una quantità straordinaria di amici in società, temo che entrambi abbiamo sempre trovato la maggior parte di loro piuttosto noiosi e, francamente, poco intelligenti. Potrebbe sembrare un po' snob, immagino, ma è proprio così. Credo che Lei possa capire.»

Jonas chinò il capo in segno di assenso.

«Siamo sempre stati vicini durante le feste e in eventi di società,» proseguì. «Quindi sembrava piuttosto inevitabile che finissimo insieme; tutti davano per scontato che sarebbe successo. Le nostre famiglie, le nostre madri, che erano a loro volta molto amiche. E così è stato. Aveva senso e ha funzionato bene per entrambe le famiglie, sia dal punto di vista emotivo che finanziario. Non avrei mai ereditato Narrowend, la nostra tenuta di famiglia, non con tre fratelli e numerosi cugini. E non sarei mai riuscita a inserirmi nella maggior parte delle altre case o famiglie che avevo conosciuto. Quindi Hillcomb aveva senso. E la mia famiglia, benché non antica e benestante come gli Stanley, aveva i mezzi per fornirmi una dote e un assegno davvero eccezionali. Questo ci ha permesso, lentamente ma con determinazione, di trasformare questa casa nella tenuta che sognavamo.»

Erano arrivati in cima alla collina, dall'altra parte della casa. Vita si voltò, con lo sguardo che spaziava sul terreno.

«Naturalmente, Graham e io abbiamo discusso di tutto questo prima del matrimonio. Abbiamo stabilito i nostri confini e sapevamo che entrambi abbiamo interessi... diversi, per così dire.» Gli rivolse uno sguardo curioso. «Ma anche molti interessi simili.»

Jonas annuì, contento di non averla offesa. Più che altro, era piuttosto affascinato. L'intera famiglia era davvero originale, non come le altre che aveva conosciuto. In apparenza non sembrava diversa, ma i comportamenti che Jonas aveva visto sino a quel momento appartenevano a un'altra serie di valori. Valori che gli piacevano, doveva ammetterlo.

«Devo dire che sembra tutto straordinariamente moderno,» disse alla fine.

«Lo consideriamo un vero complimento, glielo assicuro.»

Tornati in casa, Vita gli versò da bere nello studio e fece lo stesso per se stessa.

«Questa proprietà è davvero considerevole,» osservò Jonas. «Ci sono vicini da queste parti?

«Abbiamo dei vicini,» rispose Vita, sedendosi sulla poltrona di pelle, «ma non vale la pena parlarne. Barnaby Manor, proprio dall'altra parte del lago, la famiglia Cheering. Siamo cortesi, naturalmente, e facciamo tutto ciò che ci si aspetta, le solite visite durante le vacanze e tutto il resto. Ma la situazione è molto tesa dal litigio.»

«Il litigio?»

«Sì, con Nicholas, il figlio maggiore. È stato uno dei pochi veri amici che abbiamo avuto da piccoli: Graham, Nicholas e io. Se qualcuno avesse dovuto essere il nostro terzo compagno d'avventure tra tutti coloro che conoscevamo, sarebbe stato lui. Graham e Nicholas erano particolarmente legati.»

«Ma?»

«Alla fine, Nicholas è diventato poco più di un uomo di belle speranze. Neanche un vero uomo, in realtà, almeno a mio avviso, solo un bambino troppo cresciuto che non ha la determinazione o il coraggio d'essere se stesso. Solo di ascoltare ciò che i genitori volevano da lui.»

«In base alla mia esperienza, non mi sembra una cosa così insolita.»

«No, credo di no, ma è stata dura soprattutto per Graham. Nicholas l'ha gestita molto male: avevano un legame molto forte, e Nicholas l'ha distrutto. In modo insensato.» Sospirò. «Forse era l'unica maniera in cui sapeva come gestire la faccenda. Ma non è stata quella giusta.»

Si alzò e si versò un altro bicchiere. «Comunque, Nicholas è stato molto gioviale al nostro matrimonio, anche se il sentimento non è stato ricambiato così facilmente. E ha mandato un bel regalo al bambino. Quindi suppongo che non sia poi così cattivo.»

Jonas rifletté per un attimo. Per qualche motivo, trovava la disinvoltura di Vita piuttosto irritante. Pensò ai giorni trascorsi in città, tra i suoi soci d'affari e la cosiddetta élite, e a quanto spesso si sentisse in guardia. Come se dovesse controllare ciò che diceva, come lo diceva e su chi lo diceva. L'enorme pressione esercitata su alcuni rapporti, e, in effetti, si era trattato di una preoccupazione che aveva pesato molto sul suo rapporto con Pearson. L'idea di dover sempre presentare una certa versione di sé al mondo intero, sia che Pearson fingesse di essere il suo valletto durante le visite ai clienti, sia che fingesse di essere un maggiordomo o un segretario a casa quando qualcuno al di fuori della loro cerchia di amici andava a trovarlo. E tutto in nome del mantenimento dell'ordine "corretto" e immutabile delle cose; tutto in nome della necessità di non trovarsi indesiderato in società a causa di un comportamento percepito come scorretto. Ciononostante, qui, tra le classi che definivano la società e i suoi costumi, le persone vivevano senza alcun riguardo. Come se tutte quelle cose che a volte consumavano ogni interazione sociale nella vita quotidiana di Jonas non fossero che semplici frivolezze, da ignorare e adattare ai loro desideri e alle loro voglie.

«Devo ammettere,» disse alla fine, «che qui siete molto più aperti della maggior parte delle famiglie che ho conosciuto. Molte di quelle che ho incontrato mantengono le apparenze anche quando le loro finzioni sono ovvie e trasparenti per tutti coloro che le guardano. Eppure, voi parlate così liberamente. Non posso dire che non sia un po' sconcertante.»

«Spero che non ci troviate scandalosi.»

«Scandaloso non è la parola che userei,» replicò Jonas, con tono un po' scontroso.

Vita si mise a ridere.

Jonas andò a riempire il suo bicchiere e poi si spostò alla finestra per guardare fuori. Come appariva verdeggiante la tenuta alla luce del giorno, con i suoi prati ondulati, gli alberi pieni e rigogliosi. Una promessa per qualcosa di bello ed eccitante. Ma nella sua mente c'era l'idea che dietro l'angolo, proprio dall'altra parte, si trovava una cappella fatiscente e malformata. Che, sebbene fosse ricoperta da una vegetazione lussureggiante che la trascinava verso la terra, si ergeva forte, irregolare, ottusa e orgogliosamente brutta. Era come se la tenuta gli proponesse questa sfida: per quanto Jonas potesse applicare le sue idee e le sue conoscenze per abbellire il posto, non sarebbe riuscito a sfuggire completamente alla parte sottostante, che era frastagliata e precaria.

«Spero che non mi trovi troppo sgarbata,» continuò Vita. «Ma le dirò che non parlo così liberamente con chiunque. Lei mi colpisce Jonas Laurence. Non so dire davvero il perché, ma è così. In qualche modo, è adatto a questo posto. Mi ricorda lo strano pezzo di un puzzle che nessuno è in grado di individuare e i cui bordi sono tagliati in modo tale che non sembrano mai combaciare, eppure si tratta di un pezzo che scivola facilmente nel punto mancante. Ammetto che siamo insoliti qui, a modo nostro. Ma credo che anche Lei sia insolito, forse proprio come noi. Ha senso ciò che dico?»

Jonas non era sicuro di come si sentisse a essere descritto in quel modo. Le parole di Vita avevano senso e, sinceramente, era contento che lei notasse in lui una tale affinità. Doveva ammettere che provava la stessa cosa per lei e per le altre signore, una libertà nel modo di essere che s'incontrava solo di rado. Ma non era sicuro di apprezzare il fatto che la facciata che aveva costruito con tanta fatica potesse essere abbattuta con tale facilità. Non avrebbe dovuto agire in modo affrettato. Era lì per svolgere un lavoro, e il posto era davvero splendido, come un meraviglioso cumulo di argilla, per così dire, che gli veniva offerto per essere plasmato e trasformato in qualcosa di splendente.

«C'è qualcosa in questa terra che mi fa sentire come se dovessi essere qui,» disse. «È stata plasmata con una drammaticità, una maestosità organica che mi ispira. Quando guardo i giardini, la mia mente si riempie di idee: alcune sono stupefacenti e altre, francamente, sembrano quasi orribili per scala e misura. Con la maggior parte delle tenute, sono in grado di pianificare subito dopo il mio arrivo: posso dividere lo spazio nella mia mente e vederlo riempito con misure ed elementi esatti. Alberi da frutto qui, per i loro fiori e il loro profumo, un letto di fiori lì per il colore e il loro linguaggio simbolico, e poi siepi per la definizione, la simmetria e la delimitazione. Ma qui, a Hillcomb, percepisco delle storie piuttosto che vedere dei disegni. E queste storie sembrano scorrere dappertutto, ricadere su se stesse, superare e avvolgere il luogo. Potrei trovarmi in piedi in cima alla collina in questo momento e sarebbe come ascoltare una sinfonia, poi, basta girare un angolo e, improvvisamente e inaspettatamente, la melodia diventa cacofonica. È inquietante e al tempo stesso emozionante. È una sfida che non vedo l'ora di affrontare.»

Vita si alzò e andò verso il mobile delle bevande.

«Santo cielo, Lei parla con una tale passione del suo lavoro. È incoraggiante ed emozionante sentirla. So che Lei e Graham avrete molto di cui parlare.»

Jonas sgranò gli occhi e si girò verso di lei.

«Mi perdoni, Lady Vita, ma a volte Lei parla come se io e Graham fossimo già vecchi amici. Di solito non penso al mio lavoro come a un'occasione sociale, o come a un qualcosa di secondario rispetto ad altre mire. È ciò che mi appassiona e, se posso, ciò che mi sostiene, non solo spiritualmente ma anche finanziariamente. Quindi, anche se non vedo l'ora di incontrare Lord Stanley, se mai dovesse materializzarsi, temo di non essere qui per divertirlo o distrarlo.»

Vita, bloccata mentre riempiva di nuovo il suo bicchiere, parve imbarazzata.

«L'ho offesa, signor Laurence. Le chiedo scusa.»

«Niente affatto,» disse Jonas, vergognandosi un po' di aver lasciato che il suo fastidio si notasse così facilmente.

«È solo che per molti aspetti Lei mi ricorda mio marito. Graham non è un uomo che incontra molte persone con una mentalità o una visione simile alla sua, e questo mi colpisce. Non intendevo minimizzare il suo lavoro.»

«No, no, me ne rendo conto. Credo che sia solo perché la mia mente è così confusa. Sono ansioso di mettermi al lavoro, per tutte le ragioni che ho menzionato, e temo di diventare piuttosto irritabile quando rimango fermo per troppo tempo.»

«Capisco perfettamente. Anch'io ho bisogno di stimoli costanti. Grazie al cielo ci sono le mie scuderie. Allora, vogliamo pranzare? Visto che siamo solo noi due, ho chiesto alla cuoca qualcosa di semplice. Piatti freddi di carne e insalata, cose del genere.»

«Credo che salterò il pranzo, se non le dispiace. Sono ansioso di mettere su carta alcuni dei miei pensieri. Ma Lady Aldrange mi ha accennato che potrebbero esserci degli schizzi per me?»

«Sì, certo,» disse Vita. «Spero che le siano d'aiuto per i suoi progetti. Immagino che siano più fantasiosi che istruttivi, ma la mamma non vedeva l'ora di mostrarglieli. In realtà è molto brava. Se si fosse applicata con un po' di vigore, credo che sarebbe diventata una vera artista.»

«Cosa l'ha trattenuta allora?» chiese Jonas.

Vita lo guardò sorpresa. «Ovviamente si è sposata,» rispose con tono vivace.

# Capitolo 6

Quando Jonas aprì la porta della sua stanza, sentì un suono simile a uno scalpiccìo. Trovò Cecil in piedi accanto alla scrivania, intento a spazzolare un cappello che apparteneva a Jonas. Cecil alzò lo sguardo dal suo lavoro e sorrise calorosamente. Forse un po' troppo calorosamente, in effetti. Una canaglia, ricordò Jonas.

«Salve, Cecil, non mi aspettavo di vederti qui proprio ora.»

«Sono venuto a vestirla per la cena, non ricorda, Signore?»

Jonas si avvicinò alla scrivania. Appoggiò gli schizzi ad acquerelli sulla superficie e recuperò il diario dall'angolo in cui l'aveva lasciato. Tolse la penna infilata dentro come segnaposto e fece scattare la serratura. Lo mise sopra gli acquerelli e spinse tutto verso il fondo della scrivania.

«Ti rendi conto, Cecil, che la cena non sarà pronta per delle ore?»

Cecil annuì, porgendo a Jonas il cappello spazzolato.

«Non mi aspettavo che tornasse così presto,» disse Cecil. «Pensavo che fosse a pranzo con Sua Signoria.»

Jonas posò il cappello sulla scrivania e guardò Cecil. «Non avevo molta voglia di mangiare.»

Cecil si avvicinò. «Le sono mancato ieri sera, Signore?»

«È per questo che sei venuto, Cecil? Per scusarti per ieri sera?»

Cecil si schernì. «Non ho nulla di cui scusarmi, signor Laurence.»

«No, certo che no. Il maggiordomo ti ha chiamato per una commissione e hai i tuoi doveri da rispettare.»

«Avery non mi ha affatto chiamato,» ribatté Cecil con un sorrisetto. «È solo quello che ho detto a Sarah.»

Jonas si sentì stupido per la fitta di dolore che gli provocarono quelle parole. Era ridicolo, naturalmente, ma era costretto ad ammettere che la sera prima non aveva visto l'ora d'avere la compagnia di un uomo. Nonostante il sogno bizzarro, si sentiva ancora insoddisfatto, bisognoso di un tocco vero, di pelle su pelle, del calore di un corpo contro il suo.

«Allora hai cambiato idea sul venirmi a trovare?» chiese, sperando che nessuna delle sue emozioni trasparisse dalla sua voce.

Cecil alzò le spalle. «Non direi proprio così, Signore. Ma posso decidere cosa fare delle mie notti, no? Non sono ai suoi ordini ogni minuto della giornata, per fare ciò che vuole quando vuole. Credo di avere il diritto di intrattenermi come meglio credo, indipendentemente da quello che dice Lei.»

Jonas si sentì improvvisamente in colpa. Forse si era abituato troppo a recitare il ruolo dell'aristocratico. Chi era lui per fare richieste a un uomo che gli era stato assegnato come lavoro?

«Certo, non intendevo affatto quello, Cecil. Intendevo solo... Oh, accidenti, che importanza ha?» Si voltò verso la scrivania. «Grazie per il cappello, ma per ora mi limiterò a scrivere, se non ti dispiace.»

«Oh, non sia troppo precipitoso, Signore.» Cecil lo attrasse verso di sé. «Non era mia intenzione farla arrabbiare. Ma Lei è piuttosto straordinario quando si inalbera.»

Cecil si avvicinò ancora di più e si leccò le labbra. «Sono contento di vedere che le sono mancato, però.»

«Ho forse detto quello?» chiese Jonas.

Cecil gli aggiustò il bavero della giacca, lasciando scivolare le mani verso il basso fino ad appoggiarle ai fianchi. Jonas notò un sorriso insinuarsi sulle sue labbra. Per quanto potesse essere civettuolo, quell'uomo sapeva certamente recitare bene la sua parte.

«Non mi capita spesso di servire ospiti come Lei, Signore.» Cecil passò la mano sull'inguine di Jonas e lo strinse, facendolo sussultare. «Non vorrei proprio deluderla.»

In quel momento, Cecil lo baciò con passione. La lingua lo stuzzicava, la bocca era decisa e aggressiva, prima di ritirarsi, invitandolo a seguirla. Si staccò dalle labbra di Jonas. «Mi hanno detto che sono un valletto esemplare, Signore.»

«Sì,» disse Jonas, «lo posso ben immaginare.»

Cecil si inginocchiò davanti a lui. «E ho una reputazione da mantenere. Nel mio lavoro, Signore, la reputazione è tutto.»

Slacciò i pantaloni di Jonas e infilò la mano per recuperare il membro che si stava irrigidendo. Jonas si sentì come se fosse in dovere di protestare, ma quel tocco gli era gradito oltre ogni dire. C'era qualcosa di familiare e confortante nelle mani di Cecil su di lui. E Jonas desiderava, anche se soltanto per pochi istanti, cancellare il rumore che gli offuscava la mente. Si arrese.

«Sì, be',» disse Jonas, «non vorremmo mettere in pericolo la tua reputazione, no?»

«No, Signore,» disse Cecil, guardandolo con espressione maliziosa. «Grazie, Signore.»

Jonas chiuse gli occhi, gettò indietro la testa e pregò di non gemere troppo forte.

Quella sera, la conversazione del dopocena fu piuttosto vivace. La Contessa Madre e Lady Aldrange avevano molto da condividere sul pomeriggio trascorso in paese: tutte le facce familiari che avevano incontrato, tutti i nuovi negozi che avevano visitato. E, naturalmente, Lady Aldrange, la cara Flora, volle sapere cosa ne pensasse Jonas dei suoi piccoli e coloratissimi *disegnini*, come li chiamava lei. Jonas fu contento di potersi complimentare sinceramente con il suo occhio e il suo talento. Quello li portò a una discussione su ciò che aveva pensato del giardino in generale e se credesse di poter fare qualcosa – qualsiasi cosa, *in realtà*, gli disse la Contessa Madre – con esso. Jonas assicurò alle signore che era convinto di poter fare molto, e che sperava di riuscire a unire il colore e la vivacità della flora locale per rendere pittoresco il terreno. Aveva una vaga idea di pergolati ricoperti di glicine o di rose e, forse, di una loggia ombreggiata dove le signore avrebbero potuto prendere il tè.

Mentre Lady Aldrange si premeva il dorso della mano sulla bocca per soffocare uno sbadiglio, Jonas si rese conto che Vita non era più con loro.

«È stata una giornata piuttosto lunga,» disse la Contessa Madre. «Siamo pronti per andare a letto, credo.»

«Non riesco a immaginare dove sia finita Vita,» disse Lady Aldrange, «ma resti pure a bere qualcosa, se vuole.»

«Vi ringrazio,» disse Jonas, «ma credo di aver bevuto abbastanza negli ultimi giorni. Penso che recupererò qualcosa da leggere in biblioteca e poi seguirò il vostro esempio.»

Scortò il duo fino alle scale, dove le lasciò proseguire per le loro stanze.

Quando raggiunse la porta della biblioteca, fu sorpreso di trovarvi Vita da sola. Si trovava alla stessa finestra in cui lui aveva spiato la sera prima quello strano capriccio fra gli alberi.

«Oh, mi dispiace,» disse. «Non volevo disturbar-la.»

Vita si girò di scatto, ma si riprese subito. «Jonas, niente affatto. Non mi disturba.» Vide la mano di lui muoversi verso l'interruttore della luce. «No, la prego, non accenda la luce. Sono entrata per pren-dere un libro e ho notato il modo in cui la luce della luna cadeva sugli alberi appena fuori. Era partico-larmente bello. Sembra una sciocchezza, lo so.»

Si voltò verso la finestra e Jonas le si avvicinò.

«È davvero magico,» concordò. «L'ho notato anch'io ieri sera.»

«Ieri sera?» chiese Vita, tenendo lo sguardo rivolto all'esterno. «Allora ha visitato la biblioteca?»

«Sì, come mi ha suggerito. Poco prima di andare a letto, sono venuto alla ricerca di qualcosa di inter-essante.»

Vita si girò verso di lui. «E lo ha fatto? Ha trovato qualcosa di interessante, intendo.»

Gli sembrò che sotto la sua domanda si nascon-desse una sorta di prova.

«All'inizio pensavo che fosse qualcosa,» rispose. «Ma non si è rivelato granché.»

Vita annuì, riportando lo sguardo all'esterno. Sembrava intenta, come se cercasse qualcosa. Forse un segnale? Si chiese Jonas.

«Mi dispiace che mio marito sia così in ritardo. Le dispiace molto passare qui con noi tutte queste ore vuote?»

Jonas si mise accanto a lei e il suo sguardo si posò sul capriccio nel bosco.

«Non trova strano,» disse, «come le cose possano sembrare così attraenti, persino fondamentali, quando le incontriamo per la prima volta? Come possano sembrare in grado di riempire tutte le nicchie che pensavamo vuote e smussare tutti gli spigoli lasciati ruvidi? Ma nonostante la promessa iniziale, finiscono per lasciarci con la stessa sensazione di vuoto di sempre?»

Vita si voltò verso di lui. I suoi occhi erano leggermente socchiusi e la sua espressione era interrogativa, o addirittura di sfida.

«In verità,» disse, allontanandosi da lei e dalla finestra con un sospiro, «non ho alcun desiderio di tornare di corsa a Londra. Avevo lasciato questi prossimi giorni liberi per occuparmi di... di qualsiasi faccenda in sospeso che potesse presentarsi.»

«Allora è un bene, no?» osservò lei vagamente.

«Sì, immagino di sì. Se verrò considerato all'altezza, potrò dedicarmi ai progetti per Hillcomb Hall per alcuni giorni.»

«Non ho dubbio che verrà trovato all'altezza,» disse Vita. «Anche se la decisione finale spetta a Graham, naturalmente, prevedo che i suoi desideri saranno soddisfatti.»

Si chinò in avanti, appoggiando le mani sul davanzale.

«Ha controllato Donaldson, il suo accompagnatore?» gli chiese. «Sono certa che il nostro personale lo avrà messo a suo agio, ma non è bene che si senta trascurato, a prescindere dalla sua posizione. Credo che chiunque ci fornisca qualcosa debba ricevere tutta la nostra attenzione. Non è d'accordo, Jonas?»

Il suo volto era simile a una maschera. A Jonas parve d'essere stato educatamente invitato ad andarsene. Ma vedere un volto familiare come quello di Donaldson gli sarebbe stato utile in quel momento.

«Sì, sono d'accordo. È un'ottima idea, in effetti. Allora la lascerò qui in pace,» disse. «Devo accendere la luce mentre me ne vado?»

«No, non si disturbi, non importa.»

«Perfetto. Allora buonanotte, Vita.»

«Buonanotte.»

Dopo qualche ingresso in stanze e scale sbagliate e qualche fortunata congettura, Jonas trovò le scale che portavano alla sala della servitù. Ancor prima di raggiungere il fondo delle scale, si sentì travolto da un benvenuto buonumore. Dal piano di sotto arrivavano calore, i fuochi della cucina che riempivano la sala, molte chiacchiere conviviali e persino, se non si sbagliava, i dolci gorgheggi di una bella voce che cantava da qualche parte. Sembrava che la sala della servitù di questa casa fosse un mondo a parte rispetto alle stanze del piano superiore, con la loro austerità e il loro vuoto.

Era difficile immaginare, mentre Jonas scendeva nell'atrio e osservava quella scena vivace, che si trattasse della stessa casa. Una giovane cameriera che si trovava nelle vicinanze lo notò e sussultò, e subito tutti i rumori cessarono e le teste si voltarono verso di lui.

«Oh, non fate caso a lui,» sentì dire dalla voce di Donaldson. «È soltanto il signor Laurence. Non c'è bisogno di restare zitti per lui, è una brava persona. Non è uno di quei tipi con la puzza sotto il naso.»

Jonas trovò Donaldson seguendo la sua voce e lo vide seduto su una sedia dall'aspetto confortevole, con una donna, si sarebbe detta una sguattera a giudicare dal grembiule e dall'abbigliamento, seduta molto vicino e che fingeva di non guardarlo con ammirazione. Jonas sorrise. Donaldson, se non altro, si era adattato più che bene alla loro sistemazione temporanea.

«Sì, sì, per favore,» esclamò Jonas, ritrovando l'accento usato nella sua giovinezza. «Non badate a me. Continuate a divertirvi; sono felice di vedervi di buonumore. Sono sceso solo per parlare con Donaldson, tutto qui.»

I domestici sembrarono diffidenti, ma la conversazione riprese, senza, notò Jonas con disappunto, il canto. Quando Donaldson gli si avvicinò, Jonas fu colpito dall'idea di non avere alcun vero motivo per fare visita al suo autista a quell'ora della sera. Ma quando diede un'occhiata all'accogliente sala della servitù, venne subito rallegrato dall'atmosfera cordiale. Inoltre, passare del tempo lì avrebbe ritardato un altro inevitabile confronto con quel quadro terribile e inquietante.

«Buonasera, Signore,» disse Donaldson.

«Buonasera, Donaldson. Mi sembra che tu ti stia acclimatando piuttosto bene.»

Donaldson lanciò un'occhiata al corridoio.

«Credo di sì, Signore. Penso di aver imparato a sentirmi a casa ovunque, con tutti i nostri viaggi.»

«Sì, capisco,» disse Jonas in modo blando.

Donaldson lo guardò.

«Posso aiutarla in qualche modo?» gli chiese.

A Jonas venne in mente un pensiero e lo seguì.

«In realtà, sì,» disse. «Quando siamo arrivati avevo con me un libro, *Doni per lo sceicco*, e non riesco a trovarlo tra le mie cose al piano di sopra. Mi chiedevo se l'avessi visto, magari abbandonato in macchina.»

Donaldson rifletté. «No, Signore. Non ho visto nessun libro. Ma terrò gli occhi aperti.»

«Sì, certo, Donaldson, ti ringrazio. Se dovessi vederlo da qualche parte, prendilo. Non è un libro per tutti, se capisci cosa intendo,» aggiunse Jonas con cautela.

«Sì, Signore, non per gli occhi delle giovani cameriere e via dicendo?» disse Donaldson con un sorriso.

«Sì, proprio così.»

Ci fu un attimo di silenzio imbarazzato e Jonas iniziò a voltarsi per tornare al piano di sopra. «Sì, be', grazie, Donaldson. Ti lascerò al resto della tua serata, allora.»

«Signore, mi chiedevo,» esordì Donaldson. «Be', Signore, va davvero tutto bene? Voglio dire, Lei sta bene?»

Jonas si voltò verso di lui.

«Tutto bene? Perché non dovrei stare bene, Donaldson?»

Donaldson si grattò il mento e si guardò alle spalle. «Solo che Patrick, il capo palafreniere, ha detto di aver sentito degli strani rumori provenire dal suo corridoio ieri sera, verso la mezzanotte. E mi chiedevo se fosse malato o qualcosa del genere.»

Jonas ripensò al suo sogno sconcertante. Aveva gridato nel sonno? Si schiarì la gola.

«Strani rumori?» chiese, sperando di non arrossire. «Che tipo di strani rumori?»

«Non ne sono sicuro, Signore. Ma ha detto che sembrava che ci fosse una specie di lotta o di tafferuglio in corso.»

«Davvero?» Jonas non sapeva come rispondere, evitò dunque di farlo. «Cosa ci faceva Patrick di sopra verso mezzanotte? Mi sembra un'ora strana per avere bisogno di un palafreniere.»

«Non ne ho idea, Signore,» rispose Donaldson rapidamente. «Lo chiedo soltanto perché dicono che in quella stanza accadono cose strane.»

«Strane?»

«Sì, Signore. Una delle cameriere mi ha detto che sono accadute cose strane e bizzarre agli ospiti che hanno soggiornato in quella stanza. Pare che abbia una nomea, per così dire. Sembra che alcuni ospiti siano rimasti turbati da quel posto.»

«Che razza di nomea dovrebbe avere?»

«Non saprei dirlo con esattezza, Signore. Erano racconti piuttosto vaghi. Ma dicono che Lord Stanley insiste che nessun ospite dorma in quella stanza. Cioè, non di solito. Sembra che pensino che ci possa essere qualcosa di serio, cioè, come dire, qualcosa di avverso nel fatto che qualcuno stia lì.»

Jonas cercò di respingere il brivido procuratogli dalle parole dell'uomo. Sembravano fare il paio con il senso di timore che aveva provato per tutta la sera. Non poté fare a meno di chiedersi se il fatto di essere stato messo in quella stanza fosse un altro modo di metterlo alla prova da parte dei suoi ospiti. Perché avevano scelto proprio quella camera, che ispirava tante chiacchiere e pettegolezzi tra il personale?

Si schiarì la gola.

«Be', Donaldson, sai come possono essere a volte le persone di campagna, soprattutto se vivono isolate come in questo posto. Storie, superstizioni, tutto quel genere di cose. A volte fa passare più in fretta una giornata di faccende domestiche pensare che ci possano essere degli spiriti in giro per la casa, piuttosto che accettare il fatto che una stanza è, inevitabilmente, soltanto una stanza.»

Donaldson inarcò le sopracciglia. «Sì, Signore. Se lo dice Lei, Signore.»

«Dico sul serio.» Jonas avanzò d'un passo. «Buonanotte, Donaldson.»

Donaldson si toccò la fronte come se si stesse togliendo il suo solito cappello. «Buonanotte, Signore.»

Tornato nella tetra oscurità del mondo di sopra, Jonas si diresse verso le scale. Mentre saliva, fissò il temuto ritratto che era diventato la sua nemesi. Ogni volta che lo incontrava, sembrava diverso, e pareva *guardarlo* in modo diverso. Stasera aveva assunto la posizione più drammatica di sempre. Delle lampade accese erano appoggiate sui due tavoli ai lati del pianerottolo. Su ogni tavolo ardevano tre lampade. Una per persona, immaginò Jonas, quindi avrebbero dovuto esserne rimaste solo due. Naturalmente, la Contessa Madre e Lady Aldrange condividevano di certo una lampada; sembrava, quindi, che Vita non fosse ancora salita al piano di sopra.

Sollevò la testa verso il dipinto, che ora brillava grazie agli stoppini accesi, e lo guardò con rimprovero. L'intera scena sembrava un altare dedicato a un dio pagano o un santuario di benvenuto al Diavolo all'ingresso dell'Inferno. Jonas salì le scale e fissò gli occhi della figura ritratta. L'uomo sembrava ridere di lui. Quel maledetto quadro lo aveva portato in un tale stato di agitazione da farlo respirare a fatica mentre il corpo gli formicolava da capo a piedi. Prese una delle lampade e si avvicinò, sfiorando la superficie del ritratto. Niente. Nient'altro che tela e oli secchi, con pennellate spesse e ruvide. Nulla di più. Com'era prevedibile.

Al piano inferiore, da qualche parte, una porta sbatté rumorosamente e Jonas si girò. Non vide nessuno sotto di sé e non ci furono altri rumori. Eppure, i suoi nervi si sentivano logori.

Voltandosi, percepì la presenza minacciosa del dipinto. Strinse gli occhi sul volto sogghignante.

*Meno male che non sono un architetto*, pensò, *altrimenti farei rimuovere immediatamente questa creatura.*

«Che ne diresti, eh?» disse ad alta voce con tono da sbruffone. Poi si bloccò, sentendosi stupido per aver lanciato una sfida a uno stupido dipinto.

*«Basta,»* disse sottovoce. Erano solo sciocchezze e la sua immaginazione.

Scrutò il lungo e freddo corridoio che portava alla sua stanza e l'irritazione gli salì dentro. Se solo avesse potuto essere come la sala della servitù, calda e accogliente, invece d'essere così fredda e inquietante e solitaria. Gettando un ultimo sguardo di disgusto verso il ritratto, proseguì per la sua strada.

Ancora irritato, Jonas non si placò alla vista di Cecil disteso sul letto e che lo aspettava. Si era tolto la giacca e le scarpe e si era slacciato la camicia in modo che la maglietta intima mettesse in risalto il suo petto ben definito, con dei morbidi riccioli che spuntavano appena in cima. Sembrava estremamente a suo agio.

Sorrideva a Jonas con un'espressione confusa, sembrava ubriaco, se di vino o di lussuria, Jonas non avrebbe saputo dirlo con certezza.

«Non è un comportamento un po' troppo familiare?» sbottò Jonas.

Poiché il fuoco ardeva forte, appoggiò la lampada sulla mensola del caminetto e abbassò lo stoppino per spegnerla.

«Qual è il problema?» chiese Cecil. «Pensavo che questo pomeriggio le fosse piaciuto.»

«E se anche fosse stato?» Jonas si appoggiò alla mensola del camino massaggiandosi il ponte del naso.

«Ho pensato che avremmo potuto divertirci ancora un po' questa sera.»

Pur sapendo che Cecil stava cercando di tranquillizzarlo, Jonas non riusciva a liberarsi dalla sua irritazione. Se quella scena si fosse svolta la sera precedente come previsto, non sarebbe stato tormentato da quel terribile sogno che lo aveva lasciato esposto a umiliazioni e speculazioni. I suoi occhi si spostarono sul comodino.

«Niente tè questa sera, allora?» chiese bruscamente.

Cecil si alzò a sedere nel letto e si spostò sul bordo.

«Tè?» Il suo volto si addolcì. Sembrava così sorpreso, così innocente. Così pericolosamente bello.

«Ieri sera mi hai lasciato del tè, non è vero?» chiese Jonas, addolcendo un po' la voce.

«Non ho portato alcun tè, Signore. Sarà stata Sarah.»

«E lei dice di non averlo fatto.»

Cecil sorrise e scosse la testa. «Sarah non ha il cervello a posto. Le manca qualche rotella, se capisce cosa intendo.»

Si alzò e si avvicinò a Jonas che sospirò pesantemente.

«Ci sono troppi giochi in corso in questa casa.»

«Non c'è alcun gioco qui ora. Nessun mistero,» disse Cecil. Cominciò ad allentare la cravatta di Jonas e a massaggiargli le spalle. «E stasera non avrà bisogno del tè. Mi assicurerò personalmente che sia abbastanza rilassato.»

Baciò Jonas sulle labbra, ma Jonas lo respinse.

«Temo di non essere dell'umore giusto.»

Cecil gli fece un finto broncio. «Io temo, però, di essere in vena, Signore. Mi dia un bacio, su. Ha solo bisogno di rilassarsi.» Si premette contro Jonas e mosse la bocca.

Jonas girò la testa.

«Siamo sicuri che non le piacciano i giochi, Signore?» chiese Cecil. «Chi è che sta facendo lo spiritoso, adesso?»

«Ti assicuro che non è mia intenzione prenderti in giro,» insistette Jonas. «È solo che non ho molta voglia di compagnia.»

Cecil gli afferrò il mento con forza e cercò di girargli la testa per un altro bacio, ma Jonas si scrollò la sua presa di dosso. Cecil si allontanò dalla mensola del caminetto e lanciò uno sguardo di commiserazione verso Jonas.

«Oh, sì, Lei e Sua Signoria dovreste andare d'accordo,» disse, con voce tagliente come una lama. «Siete come due gocce d'acqua.»

Jonas scosse la testa. Cosa c'entrava Lord Stanley in quella situazione? Sempre il nome di quell'uomo, che spuntava nelle conversazioni come lo spettro di un defunto recente.

«Come hai detto?»

Cecil scoppiò a ridere mentre recuperava i pezzi della sua livrea che aveva abbandonato in precedenza. «Anche il signor Graham Grey non ha molta spina dorsale.»

«Spina dorsale? Cosa dovrebbe significare esattamente?» scattò Jonas.

«Mi perdonerà, Signore,» rispose Cecil, «ma Lei si comporta come se volesse una cosa e poi improvvisamente agisce come se non la volesse. O forse ha già ottenuto da me tutto ciò che voleva, Signore? E ora ha finito?»

Jonas si raddrizzò e fece un passo avanti. «Credo che tu stia esagerando, non è vero, Cecil? Non intendevo fare insinuazioni del genere.»

Cecil brontolò. «Non c'è niente per cui dare pensieri alla sua bella testolina, Signore. Non per il vecchio Cecil. Anch'io ho avuto ciò che mi serviva.» Fece una pausa e lasciò che i suoi occhi scrutassero il corpo di Jonas. «Più o meno, Signore. Più o meno.»

«Stammi bene a sentire, Cecil.»

Ma Cecil era già arrivato al pannello di passaggio della servitù e lo stava aprendo. Si voltò e fece a Jonas un inchino esagerato.

«Sogni d'oro, signor Laurence.»

Jonas rimase per un attimo a bocca aperta. Era scioccato dalla rapidità con cui l'umore del giovane era diventato nero. Voleva solo essere lasciato in pace; non aveva avuto intenzione di offenderlo. Il giovane non aveva preso bene il fatto di non avere il comando della situazione, era evidente. Forse, nella loro breve conoscenza, Cecil aveva stretto con lui un legame più forte di quanto Jonas si fosse reso conto. Quell'improvviso cambiamento di umore suggeriva l'esistenza di problemi più profondi. Forse avrebbe potuto risolvere la questione l'indomani, facendo capire a Cecil che si trattava solo di nervi tesi e non della volontà di liquidarlo del tutto.

Lanciò un'occhiata alla piccola scrivania e al suo diario. Forse avrebbe dovuto mettere tutto nero su bianco; di solito farlo lo aiutava a dare un senso a ciò che provava. Ma scosse la testa. Non ora, non stasera. L'ultima cosa che voleva in quel momento era perdersi ancora di più nella sua testa. Il sonno era ciò di cui aveva bisogno; il sonno era ciò che gli mancava. La notte scorsa non era stata riposante e ne dava la colpa alla nebbia che pareva riempirgli la mente.

Si sarebbe cambiato per andare a letto e avrebbe accolto il riposo con gioia.

# Capitolo 7

Jonas si svegliò con un rantolo strozzato dopo aver sognato occhi diabolici, volti attraenti, odore di vernice e fiamme. Si girò di scatto. Aveva forse sentito un rumore quando si era svegliato? Gli sembrava che qualcosa gli avesse detto di svegliarsi, una presenza nella stanza. Ma la camera era buia e apparentemente vuota. Non aveva idea di quanto avesse dormito. Il fuoco si era ridotto a una semplice brace e Jonas provò un brivido di freddo. Le lenzuola offrivano poca protezione contro l'aria gelida, così si alzò dal letto, dirigendosi verso l'armadio vicino alla finestra, dove ricordava di aver visto un copriletto riposto sul fondo.

Stava di nuovo facendo un temporale, pensò Jonas, sentendo il rombo di un tuono all'esterno. Subito dopo quello stesso rumore echeggiò di nuovo, senza pause, e ascoltando più attentamente Jonas si rese conto che quello che pensava fosse un tuono era in realtà l'abbaiare dei cani. Alcuni di loro sembravano chiamarsi con dei latrati. Passò davanti alla finestra e l'occhio gli cadde sul vetro. Scuotendo la testa, pensò di allontanarsi, rifiutando di farsi coinvolgere ancora una volta in quel gioco d'ombre. Ma con la coda dell'occhio aveva percepito un movimento frettoloso, qualcosa che assomiglia-va alla forma di una persona, e la curiosità ebbe di nuovo la meglio su di lui.

La figura divenne più visibile, e si trattava in effet-ti di un uomo. Un uomo in pantaloni e panciotto che passeggiava nel giardino. Patrick, il palafreniere, pensò Jonas annuendo, che tornava al suo cottage. Solo allora l'uomo si fermò e alzò le braccia facendo segno a due cani, e poi a un terzo, di avvicinarsi e di girargli intorno, con i loro latrati che risuonavano anche attraverso il vetro della finestra. Abbassò le braccia e i cani scattarono di nuovo. L'uomo miste-rioso si voltò in direzione della casa. Alzò la testa e guardò direttamente la finestra di Jonas. La luce del-la luna gli attraversò il viso e Jonas sussultò, emet-tendo un respiro incredulo. Lì, in piedi nel giardino, c'era l'uomo del dipinto, il vecchio Lord Stanley con quei suoi occhi diabolici. Jonas scosse la testa, rifiu-tandosi di accettare ciò che gli suggeriva la mente. L'uomo sorrise e gli fece un cenno, continuando a fissare la finestra. Jonas indietreggiò, scioccato di essere stato riconosciuto. Si strofinò gli occhi.

«Sciocchezze,» disse ad alta voce. «Impossibile.»

Si rimproverò. Un uomo morto da decenni non poteva girare per il parco. Doveva essere Patrick e la sua mente esausta gli stava solo giocando un altro brutto scherzo. Si rifiutò di crederci. Ma si sentì costretto a dare un'altra occhiata, tanto per esserne sicuro.

Tornato alla finestra, non vide nulla, nessuno. *Ecco, vedi*, si disse, *sono trucchi della mente, tutto qui.*

Ma poi i cani tornarono in vista e l'uomo emerse di nuovo dal buio, passando dietro a uno dei grandi arbusti deformi. Ora era più vicino alla casa. Jonas lo osservò, cercando di scorgere il suo volto. Cercando di convincersi che non poteva aver visto ciò che credeva. Quando l'uomo si trovava a pochi metri di distanza, si fermò e alzò di nuovo lo sguardo direttamente verso Jonas. Si fissarono l'un l'altro. Il volto che lo guardava era senza dubbio quello del ritratto. Jonas pensò di essere sul punto di svenire e mise una mano sul vetro per stabilizzarsi. Il fantasma, come Jonas aveva ormai accettato, sembrò reagire a quel movimento. Annuì e sollevò la propria mano come se ricambiasse il saluto. Jonas sbatté le palpebre, scioccato, e lasciò cadere la mano, allontanandosi dalla finestra.

Come se fosse costretto da una forza misteriosa, si precipitò di nuovo verso il vetro, ma l'uomo non c'era più.

«No,» sibilò Jonas. «Basta con i giochi.»

Uscì di corsa dalla stanza, fermandosi solo accanto alla porta per afferrare un paio di scarpe, quelle che aveva indossato a cena, e si lanciò lungo il corridoio.

Si precipitò giù per le scale, senza soffermarsi a guardare quel maledetto quadro. Arrivato in fondo, perse l'equilibrio e cadde sul pavimento. Spingendosi di nuovo in piedi, si girò verso il ritratto. Non c'era più luce, ma, anche nell'ombra, si potevano distinguere i contorni del volto. Jonas avrebbe giurato di vedere gli occhi scintillare, senza dubbio per ridere di lui e maledirlo per la creatura ridicola che era.

«Maledetto,» imprecò sottovoce.

Poi, sentì il suono di una risata sommessa che proveniva da qualche parte.

Si alzò in piedi in un istante.

La risata riecheggiò e poi s'interruppe, lasciando lo spazio come vuoto in quell'improvviso silenzio.

«Chi c'è lì?» incalzò.

L'unica risposta che ricevette fu l'ululato e l'abbaiare dei cani da caccia provenienti da un punto lontano del parco. Si precipitò verso la porta d'ingresso, deciso a trovare quel fantasma e ad affrontarlo. Doveva porre fine a quell'assurdità. Uscito dalla porta, si ritrovò nella porta carraia senza sapere da che parte andare. Gli sembrò di percepire un movimento, dei passi sulla ghiaia, e poi di nuovo gli ululati dei cani, provenienti dalla parte orientale della casa. Partì di corsa.

Girando intorno al lato della casa, non vide nessuno e non sentì nessun cane. L'aria era più secca di prima, frizzante come nei momenti che precedono un temporale, quando il vento si alza e le nuvole raccolgono umidità prima di scaricarsi in un torrente d'acqua. A conferma del suo sospetto, sentì un tuono in lontananza, seguito da un lampo. Non era un fulmine troppo vicino, ma bastò a illuminare momentaneamente gli alberi e a fargli scorgere la sagoma del capriccio. Il rumore dei cani si fece di nuovo sentire, proveniente da una direzione che Jonas non riuscì a distinguere.

Scese lungo la collina, passando davanti alla cappella, ma l'oscurità gli aveva fatto dimenticare quanto ripida fosse la pendenza. All'improvviso, cadde e ruzzolò giù per la collina. Sentì il ginocchio colpire una roccia che gli lacerò la stoffa sottile della camicia da notte. Era troppo scioccato per gridare e, prima di rendersi conto di ciò che stava accadendo, atterrò con un tonfo.

Si alzò in piedi di fretta e si guardò intorno, cercando di spingersi in avanti. Ma gli venne un capogiro e cadde all'indietro, con la schiena a contatto con il suolo.

Che stava facendo? Si era messo a inseguire un fantasma nel cuore della notte? Mezzo nudo e mezzo sveglio, si era messo a correre per il parco per fare cosa, esattamente? Per affrontare il fantasma che giurava di aver visto dalla finestra della sua camera da letto. In quel momento, venne colpito da un puro e semplice delirio. Si mise in ascolto e non sentì alcun cane, alcun latrato, alcun ululato. Nemmeno le urla di quelle maledette volpi. Sentì solo avvicinarsi il rombo di un tuono. Si stava preparando un nuovo temporale che si dirigeva proprio da quella parte. Guardò in basso, fin dove la vista glielo consentiva, e vide la luce della luna scintillare sulla superficie del lago. Si sdraiò a terra sentendosi assurdo e sconfitto.

Delle gocce di pioggia lo colpirono sul viso e Jonas si alzò. Nonostante il dolore al ginocchio, la sua camminata sembrava stabile e così si accinse a risalire la collina. Il tuono si abbatté di nuovo e il cielo si aprì del tutto, rovesciando su di lui un diluvio d'acqua. Scivolando più di una volta e quasi finendo di nuovo per cadere, riuscì a raggiungere la cresta del colle, proprio mentre la pioggia cominciava ad abbattersi con ancora maggiore forza.

Era ormai a pochi metri dalla cappella e corse quindi verso di essa, sperando che le porte non fossero sbarrate e di poter trovare un momentaneo rifugio dalle intemperie.

Mentre si spingeva avanti, un tuono fortissimo rimbombò nel cielo. Seguirono altri lampi e la pioggia si fece più intensa. Le raffiche di vento che lo seguirono all'interno della cappella parvero raggiungere l'alto soffitto e agitare l'aria fredda che si annidava all'interno. Jonas rabbrividì e si strinse le braccia al corpo. Se fosse stato un uomo di fede, avrebbe potuto cogliere l'occasione e pregare d'ottenere una guida o almeno una pausa dal temporale. Cercò invece un posto dove sedersi e riposare per un momento. C'erano alcuni banchi accumulati su un lato, alcuni rotti, altri sgretolati e marci, ma ne rimaneva uno ancora robusto girato verso l'altare. Era una situazione piuttosto inquietante nel buio della notte e per nulla rassicurante, al contrario di come gli era stato detto che avrebbe dovuto essere la religione. La cappella, tuttavia, era un rifugio e Jonas si accasciò sul banco, lasciando che il suo corpo prendesse atto dei dolori, dei tagli e dei graffi che gli aveva appena procurato.

Si sedette guardando l'ampio spazio dietro al pulpito. Era abbastanza grande, pensò, per ospitare quel maledetto ritratto che si trovava in casa. Forse qualcuno avrebbe dovuto smontarlo e dargli una nuova sistemazione.

E poi la sentì. La stessa voce inquietante della notte precedente. Quella voce che lo aveva visitato in sogno.

«Jooooonassss.»

La stessa voce che lo aveva zittito quando le sue membra erano rimaste paralizzate.

«Joonassss.»

Jonas si bloccò. Stava certamente impazzendo. Ormai, ne era convinto.

«Joooonassssssss.»

Questa volta la voce risuonò più forte e con un finale sibilante, facendolo saltare in piedi.

«Chi c'è?» chiese.

«Joooonasssssss.»

Non era solo la sua mente; non poteva esserlo. Possibile? No, una voce reale lo stava chiamando, alterando il suo nome.

«Chi sei?» urlò. «Fatti vedere!»

Si udì rimbombare una risata, profonda e distante.

«Non mi presterò a questi giochetti.»

«Joooonassss,» ripeté la voce.

«Basta!» gridò Jonas e si voltò verso la porta.

«Laaarrrry,» la voce aumentò di volume.

Jonas era radicato sul posto, incapace di muoversi.

«Laaarrrry Jo.»

Nessuno lo chiamava più Larry Jo. Solo una persona lo aveva chiamato con quel nomignolo: Marcus. Marcus, il suo vecchio amante, il suo amore ormai morto. Jonas sentì qualcosa allentarsi nel petto e il respiro farsi più rapido.

«Marcus?» sussurrò. «Marcus, sei tu? Può davvero essere?»

Avrebbe voluto muovere i piedi, ma non ci riuscì; continuò a stringere e slegare le mani.

«Larrrrrrry Joooo,» ripeté la voce.

La voce sembrava essersi spostata in un'altra parte della cappella. Jonas si girò, cercando di trovarne la fonte.

«No!» gridò. «Mostrati subito!»

«Larry Jooooo perché hai lasciato anche lui?»

«Cosa?» gridò Jonas. «Chi?»

«Peeeeearson! L'hai lasciato proprio come hai lasciato me!»

Un tuono rombò all'esterno.

«Non ho lasciato nessuno!» urlò Jonas.

«L'HAI FATTO! AMMETTILO!» ordinò la voce. «Hai abbandonato anche lui!»

Jonas si portò le mani al volto e scosse la testa, lottando contro quelle parole. Da qualche parte in fondo alla mente, però, la voce si era unita alla verità. Jonas aveva abbandonato Pearson, proprio come tanto tempo prima aveva abbandonato Marcus. Non nello stesso modo, ma il risultato era stato lo stesso. Aveva regalato a Pearson anni della sua vita. Ma in realtà, cosa gli aveva dato davvero? Soltanto l'eco di un amore; lo schizzo a carboncino di un compagno, privo di colore e dimensione; tutto qui. Durante il periodo trascorso insieme, Jonas era stato costantemente in fuga, intento a scappare da emozioni che non osava riconoscere, alla ricerca di qualcosa di vago e appena fuori dalla sua portata. Aveva trascorso quegli anni cercando di soddisfare un bisogno d'amore che lo attanagliava, un amore di un'intensità che non aveva mai provato con Pearson. Un amore di una profondità che aveva provato solo una volta, proprio con Marcus.

«Lasciami stare!» gridò Jonas. «Che razza di inganno è questo? Come fai a conoscere quei nomi?»

Ne aveva avuto abbastanza. Si voltò verso la porta.

«Hai ucciso il suo amore!» La voce assunse una nuova qualità stridente, come un vento che soffia violento. «Proprio come hai ucciso Marcus!»

Jonas si fermò. Si sentì come se un pugnale gli fosse stato conficcato nel petto. Buon Dio, cosa stava succedendo? Aveva perso il controllo completo delle sue facoltà? Come poteva accadere?

«Non ho ucciso Marcus!» inveì contro la voce fantasma.

«L'HAI FATTO! AMMETTILO! Se non gli avessi spezzato il cuore, non sarebbe mai andato in guerra!»

Jonas cadde sul banco rotto più vicino. Un singhiozzo, con la stessa intensità del fuoco, gli bruciò il petto. Era vero, e faceva troppo male ammetterlo. Marcus era l'unica persona che avesse mai amato veramente, ma Jonas non aveva saputo accettare il suo amore, non pienamente, non nel modo in cui Marcus avrebbe voluto darglielo, non allora. Era stato troppo per Jonas. Così aveva respinto Marcus e lo aveva allontanato dalla sua vita. Non voleva che fosse per sempre. Da qualche parte nella mente, nel profondo del suo cuore, sapeva che sarebbe sempre tornato da lui. Non appena avesse potuto, non appena ne fosse stato capace. Quando si fosse sentito pronto per un amore di quel tipo. Ma Marcus non era stato in grado di sopportare il dolore e così se ne era andato, gettandosi nella mischia della guerra boera. Aveva combattuto come un pazzo, si diceva, attraversando i campi e dando la caccia al nemico. E Jonas sapeva che il nemico a cui aveva dato la caccia in realtà non era stato che lui; che Marcus aveva combattuto contro lo strazio che Jonas gli aveva lasciato. Finché non c'era stato più nulla da combattere. Fino al giorno in cui Jonas aveva ricevuto una lettera dalla sorella di Marcus che diceva che il giovane era stato ucciso in battaglia.

E anche Jonas aveva lottato contro quello strazio. Durante tutti gli anni che erano passati si era detto che c'era qualcosa di più, una specie di amore appena fuori dalla sua portata. Un desiderio che non riusciva a identificare, un'ombra che non riusciva a trasformare in qualcosa di reale e concreto. Ma sapeva, lo aveva sempre saputo anche se non riusciva ad ammetterlo a se stesso, che ciò che voleva era il tipo di amore che aveva condiviso con Marcus. Da allora, si era accontentato di incontri fugaci o di amori che assomigliavano soltanto a quello che diceva di volere. Anche se sapeva che non potevano raggiungere le vette o le dimensioni di ciò che il suo cuore desiderava. Aveva tentato di negare il profondo senso di colpa che provava ancora per ciò che aveva fatto a Marcus, aveva tentato di convincere se stesso che stava cercando qualcosa di più, invece di accettare la rabbia che provava per esserselo lasciato sfuggire. E così facendo si era impedito di amare veramente di nuovo qualcuno. Cercando di offuscare il dolore e il rimorso che portava con sé in seguito al periodo trascorso con Marcus, aveva preservato il suo cuore come un oggetto, una cosa da esaminare e commentare, di cui scrivere nelle pagine del suo diario e poi rinchiudere dietro il lucchetto metallico, piuttosto che trattarlo come una cosa reale, che batteva, era viva e aveva dei desideri.

Il fuoco che gli stringeva il petto si liberò e Jonas cominciò a piangere. Singhiozzi profondi e lancinanti che gli avvolgevano il corpo, animati dal dolore di tutti quegli anni che aveva sepolto così in profondità. Si lamentava e piangeva, e avrebbe voluto urlare finché il dolore non fosse svanito. E sebbene non fosse sicuro che il dolore sarebbe mai finito, il suo pianto s'interruppe.

Si accasciò sul banco di legno, distrutto. Chiuse gli occhi contro gli echi del dolore che gli rimbalzavano in corpo.

Ma quella voce implacabile sibilò di nuovo.

«Larrrrrrrry.» La voce giunse dolcemente attraverso l'oscurità. Questa volta sembrava una domanda.

«No!» gridò Jonas. «No, no, no!» Il fuoco del dolore venne sostituito da una nuova scintilla: rabbia. «Chiunque tu sia, qualunque cosa tu sia, lasciami in pace! Non ascolterò questa follia!»

Si mise a correre, spingendo le porte della cappella e cadendo sull'erba.

Si rialzò e corse su per la collina, fermandosi in cima per riprendere fiato. Scrutò di nuovo la cappella. La guardò, aspettando, sperando che ne emergesse qualcuno. Qualcuno a cui poter attribuire quella rabbia, qualcuno a cui poter dare la colpa di tutto quel dolore. Ma non vide nessuno.

Sentì dei passi sull'erba.

Era Patrick, il capo palafreniere, che scendeva dalla collina. Vedendo Jonas, Patrick iniziò a camminare più velocemente, allontanandosi da lui.

«Tu, laggiù,» gridò Jonas. «Ehi, dico a te, non sei Patrick?»

Patrick si fermò sul posto, con la testa rivolta altrove.

«Da dove vieni?»

Patrick incontrò allora il suo sguardo, quegli occhi intensi e selvaggi, ardenti anche nella notte. «Cosa le importa?» chiese, la sua voce simile a una lama smussata.

Jonas sapeva che era ridicolo, ma doveva chiederlo. «Eri forse nella cappella?»

«La cappella?» Patrick lo fissò stupefatto. «Perché diavolo avrei dovuto essere nella cappella?»

«Allora non eri tu?»

«Non ero io quando?»

«E i segugi, eri tu che portavi a spasso i segugi?»

«Certo che no.» Patrick storse il labbro in segno di disgusto. «Non scherzo con quelle maledette bestiacce.»

«Ma erano lì, vicino al tuo cottage, devi averli visti.»

Patrick lanciò un'occhiata alla casa da dietro le spalle. «Ero occupato altrove.» Guardò Jonas con più compassione. «Forse è meglio che rientri, Signore. Ha l'aria di chi è stato sorpreso dalla pioggia, e per giunta impreparato. Non dovrebbe andare in giro con addosso soltanto la camicia da notte. Qualcuno potrebbe cominciare a preoccuparsi della sua salute.»

Jonas sbatté le palpebre e annuì. Era consapevole di quanto dovesse apparire disperato.

«Sì,» convenne, «potrebbero preoccuparsi.» Si mise in piedi più dritto, con la voce più ferma di prima. «Mi scuso per averti avvicinato così. Ti assicuro che non c'è nulla di strano. Solo che questa casa...»

Patrick ricominciò a muoversi, passandogli accanto. «Sì, Signore. Hillcomb Hall lascia molti uomini confusi al di là di ogni logica.»

Entrando dalla porta principale della casa, Jonas alzò lo sguardo. Il ritratto era ancora oscurato, avvolto nel buio. Ma non gli importava più. Se l'intero quadro si fosse liberato della sua cornice e fosse volato attraverso l'atrio per schiacciarlo, non si sarebbe sorpreso né avrebbe protestato. Si abbassò e si tolse le scarpe di cuoio. Non voleva lasciare impronte fangose in tutta la casa per non suscitare altre domande al mattino. Voleva solo andare a letto e dormire. Mentre saliva le scale, non si soffermò neanche a controllare il volto diabolico.

Chiudendo la porta della camera da letto, lasciò cadere le scarpe infangate vicino al fuoco. La stanza era buia, a parte la debole luce della luna che filtrava dalla finestra, gli angoli erano neri come la pece. Fece un passo verso il letto e si fermò. Sentì qualcosa, una presenza nella stanza. C'era un profumo che non riconosceva, il modo in cui si muoveva l'aria sembrava diverso. Era forse Cecil, tornato di nuovo a trovarlo? Studiò l'angolo buio subito accanto alla finestra.

«Sì, allora,» disse con voce stanca. «Fatti vedere.»

E dall'ombra scura uscì il fantasma.

Uscì dal buio e si mise alla luce della finestra, in modo da rendere visibili le sue forme e il suo volto. Lo stesso volto spietatamente bello del ritratto, lo stesso naso, la stessa bocca, gli stessi occhi, lo stesso bagliore che pareva danzare al loro interno.

Di colpo, Jonas si sentì sobrio e vigile.

«Ma... ma... com'è possibile? Non puoi essere qui,» esclamò.

«Mi hai convocato tu.» Il fantasma gli si avvicinò.

«Davvero?»

Jonas avvertì la presenza dello spirito; ne sentì il calore irradiato dal corpo. Un calore simile agli stoppini di mille lampade a olio, che bruciano tutti insieme. Un calore ancora piccolo, ma che sapeva sarebbe divampato, come un incendio, e lo avrebbe consumato.

«Ho aspettato questo momento da quando i miei occhi si sono posati su di te,» disse il fantasma. «Ti ho studiato, lo sai.»

«Sì, lo so.»

E Jonas lo sapeva. Gli sguardi attenti, il modo in cui i suoi occhi lo avevano seguito ovunque fosse, i cambiamenti di espressione, di umore, nel dipinto. Sapeva che era stato vero. Non era stato tutto nella sua mente, dopotutto.

«Ti ho osservato, aspettando questo momento,» disse il fantasma. «Il momento giusto. Per quando saresti finalmente stato libero, finalmente pronto al mio desiderio.»

Si avvicinò e sfiorò con la punta delle dita la guancia di Jonas. «Lo sei? Sei pronto adesso?»

«Oh sì,» disse Jonas, la sua voce era diventata un sussurro che gli si impigliava in fondo alla gola, strozzato dal desiderio.

Nelle sue fantasie più sfrenate, aveva immaginato che quel momento sarebbe stato crudele e spaventoso. Pensava che l'incontro con il fantasma sarebbe stato la distruzione della sua anima. Ma c'era qualcosa di molto familiare in quello spettro, qualcosa di morbido ma forte, come il desiderio di un tocco tenuto segreto.

«No... No, non lo so...» Jonas iniziò a parlare, ma scosse la testa, fermandosi.

Doveva davvero aver abbandonato la sua sanità mentale. Ma ormai era debole. Forse si sarebbe svegliato e sarebbe tutto stato un sogno; o forse avrebbe chiuso gli occhi e non si sarebbe svegliato mai più, la sua mente febbrile si sarebbe arresa al suo destino. Era troppo stanco per preoccuparsene. Aveva già rinunciato a così tanto quella notte. Dolore corporeo, dolore dell'anima. Si sentiva vuoto e aveva bisogno di essere riempito. Il suo corpo desiderava conforto, essere toccato, essere abbracciato. Si arrese.

«Sì,» confessò. «Sì, ti voglio. Ma come? Come può essere?»

«Non è poi così strano.» Il fantasma fece un passo avanti e gli accarezzò il collo. La sua mano era calda, non fredda e fragile come Jonas l'aveva immaginata. Era morbida come se il sangue scorresse ancora nelle sue vene. «Sono sicuro che ciò non ti è estraneo. Devi solo dirmi cosa vuoi da me.»

«Non puoi essere reale,» disse Jonas, con voce tremante.

«Ti assicuro che sono molto reale,» replicò il fantasma.

Premette il suo corpo contro Jonas che sentì finalmente quanto fosse vero.

Prima che Jonas potesse muoversi, il fantasma gli aveva posato le mani sul petto e lo aveva attirato a sé per un bacio profondo. Il bacio era caldo, la lingua deliziosa e Jonas aprì la bocca per soccombere alle sue richieste. Il fantasma emise un piccolo suono di approvazione e Jonas sentì il suo corpo acconsentire.

«Hai lo stesso odore del parco,» sussurrò Jonas.

Il fantasma rise. «Davvero?»

«Sì, come una terra ricca e umida.»

Il fantasma gli baciò il collo.

«E fiori,» disse Jonas.

Il fantasma spostò la bocca verso l'alto fino a raggiungere il lobo di un orecchio, che succhiò dolcemente.

«Come il caprifoglio e le rose.»

Il fantasma gli leccò la clavicola.

«Come le foglie e l'erba,» disse Jonas.

Le mani si mossero per accarezzargli la parte bassa della schiena.

«Hai l'odore degli alberi,» mormorò, posando baci sul collo del fantasma.

Il fantasma gli afferrò le natiche, accarezzandole, le sue dita si aggrapparono alle curve del suo corpo. Jonas gli mordicchiò il labbro inferiore, lasciando che la sua lingua ne accarezzasse le linee.

«Sai di pioggia,» sussurrò.

Un lampo illuminò la stanza per un breve momento, poi un tuono ruggì fuori, così forte da far tremare il vetro della finestra. Il temporale si era scatenato.

Il fantasma si abbassò e con un movimento fluido gli tirò su la camicia da notte e gliela tolse. Jonas passò la mano sulle linee e sui muscoli del corpo del fantasma, trovando bottoni e lacci e liberandolo da ogni materiale che lo copriva, finché non rimasero entrambi lì, nudi al chiaro di luna.

«Ma tutto questo è impossibile,» disse Jonas.

«Davvero?» chiese il fantasma. La sua mano scivolò verso il basso per stringergli il membro eretto. «A me sembra davvero molto possibile.»

Jonas emise un piccolo gemito al contatto.

«Dimmi cosa vuoi,» disse il fantasma, muovendo la mano avanti e indietro per accarezzarlo. Spostò la mano di Jonas in modo che anche lui potesse ricambiare quel tocco.

Jonas assorbì la sensazione della sua pelle perfetta, del corpo perfetto, con le sue linee e i suoi angoli, proprio come il viso, che pareva scolpito dalle mani di un artista.

«Ho bisogno,» esordì Jonas, «di non sentirmi più così vuoto.»

Il fantasma fece un passo avanti, catturandogli le labbra. E poi si ritrovarono sul letto, con le mani avviluppate fra i capelli, i baci profondi e senza respiro, le gambe unite, i membri che si sfregavano l'uno contro l'altro.

«Questa è sempre stata la mia stanza preferita,» disse il fantasma con una risatina mentre girava Jonas a pancia in giù. Si accoccolò contro le sue natiche e gli avvolse il braccio intorno al busto, baciandogli le spalle e la nuca. Gli mordicchiò il lobo dell'orecchio e gli disse piano: «Spero che ti piaccia essere mio ospite qui.»

E poi gli scivolò dentro. Lo riempì completamente, scacciando il vuoto.

Non c'era nulla di spettrale in ciò che stava accadendo. Era tutto reale. I suoi occhi si chiusero e Jonas gettò indietro la testa, gemendo. Si aggrappò alle lenzuola, stringendole tra le mani. Sentì il bisogno di ancorarsi alla terra, come se fosse stato sollevato da una nuvola di nebbia e trasportato in alto e sopra gli alberi, sempre più vicino al caldo bagliore del sole. L'oscurità stessa si trasformò in un'inondazione di luce e Jonas aprì la bocca per gridare, mentre le nuvole rilasciavano la loro pressione e dentro di lui si scatenava una nuova tempesta.

# Capitolo 8

Il mattino seguente, Jonas si svegliò con la luce del sole che filtrava dalle finestre aperte. Si trovò intrecciato fra le lenzuola, che erano state praticamente strappate dal materasso. Era ancora nudo. Un momento di vergogna lo colse quando sentì un rumore vicino al fuoco. Povera Sarah, pensò, cosa avrà pensato, trovandosi davanti una scena del genere all'alba? Ma era probabile che la giovane avesse visto cose molto più scandalose durante la sua permanenza in quella casa. Il pensiero lo fece quasi scoppiare a ridere e dovette fare uno sforzo per trattenersi. Forse stava davvero impazzendo. Dopo le frastagliate scogliere e le pericolose valli di emozioni che aveva attraversato la notte precedente, non era del tutto sicuro di potersi dire sano di mente. Aveva davvero fatto l'amore con un fantasma? Com'era possibile?

Ovviamente, non lo era. Jonas, tuttavia, non riusciva a spiegarsi come l'uomo del dipinto si fosse trovato lì, vivo e in carne e ossa, nella sua camera da letto. Aveva sentito lo spirito dentro di sé – doveva averlo fatto – ma come? La parte più strana di tutta quella riflessione era quanto si sentisse vivo ora, come se una parte dimenticata di lui si fosse risvegliata. O davvero era pazzo, o quel terribile cumulo di pietre aveva lanciato su di lui una sorta d'incantesimo. Non era sicuro di poter sopportare di scoprire quale delle due cose fosse vera. Non appena terminata la colazione e presentate le sue scuse alle signore, avrebbe svegliato Donaldson e sarebbe tornato a Londra. Quando Lord Stanley fosse tornato, se mai lo avesse fatto, sarebbe potuto tornare per rispondere alle loro domande. Ma, per il momento, riteneva che fosse meglio allontanarsi dal torrente di emozioni in cui era annegato negli ultimi due giorni.

La notte precedente aveva risvegliato in lui un bisogno così grande, così acuto, di amore e di affetto, che dubitava di potersi concentrare sul lavoro. L'unica cosa a cui riusciva a pensare era il brivido che la notte – o forse un sogno delirante? – passata con il fantasma gli aveva dato. Era stata simile alle pericolose vette dell'estasi che un tempo aveva provato con Marcus. Solo un altro uomo, un altro corpo amorevole, vicino a lui, poteva richiedere la sua attenzione in quello stato d'animo. Aveva bisogno di qualcosa di reale, qualcosa da poter rivendicare, non della promessa di una cosa senza corpo, un amante metafisico, malgrado tutta la gioia corporea che quell'amante poteva procurargli.

Doveva risolvere il problema.

Si schiarì la gola.

«Buongiorno, Sarah.»

«Buongiorno, Signore.»

«Ho dormito di nuovo troppo?»

«Nient'affatto, Signore. La famiglia si sta alzando per fare colazione. Dovrebbero scendere tutti a breve.»

«Splendido. Ho davvero fame,» ammise.

«Sua Signoria ha chiesto un servizio completo stamattina, naturalmente. Porzioni in più di...»

s'interruppe quando il pannello di servizio si aprì con uno scatto. Si voltarono entrambi per vedere Cecil emergere dal corridoio della servitù. Sarah iniziò rapidamente a raccogliere le sue cose, con un'espressione sprezzante sul volto.

«Buona giornata, Signore,» disse, mentre cercava di passare davanti a Cecil e di entrare nel corridoio.

«Ciao, biscottino mio,» disse Cecil, con un tono provocante. Si mosse avanti e indietro, bloccandole il passaggio.

Avendo le mani occupate, Sarah lo spinse via con un gomito.

«Vattene, Cecil, stupido.» Lanciò un'occhiata a Jonas. «Chiedo scusa, Signore.»

«Niente affatto, Sarah. Lascia passare la ragazza, Cecil.»

Cecil si mise di lato per lasciarla passare, chinandosi per ringhiare quando lei gli si avvicinò. Sarah gli diede una gomitata più forte e se ne andò di buon passo lungo il corridoio. Cecil chiuse il pannello e vi si appoggiò ridacchiando.

«Che testa vuota, quella lì.»

«Io la trovo piuttosto accattivante,» ribatté Jonas, per nulla dell'umore giusto per le bizzarrie di Cecil.

Cecil scosse la testa e si spostò in avanti, piegandosi per recuperare qualcosa dal pavimento. Era la camicia da notte di Jonas, sgualcita e sporca. Cecil la guardò, sorridendo, mentre si spostava ai piedi del letto. Lanciò la camicia da notte verso Jonas.

«Santo cielo, Signore, che diavolerie ha combinato dopo che l'ho lasciata ieri sera?»

Jonas si alzò dal letto, strappò la camicia da notte dalle mani di Cecil e la indossò.

«Posso solo immaginare cosa deve aver pensato Sarah,» disse Jonas.

«Non credo che le sia importato molto,» disse Cecil, andando verso il caminetto. Lì raccolse le scarpe incrostate di fango. Alzò le sopracciglia.

«Sono dovuto uscire brevemente,» disse Jonas.

Cecil si chinò per rimettere le scarpe a terra. «Immagino che si tratti di un altro di quei brutti sogni.»

«Brutti sogni?» Jonas si bloccò. «Che ne sai tu dei miei sogni?»

«Conosco solo quelli che ha avuto la prima notte qui, quando ha immaginato d'essere stato sedotto da uno spirito che si era intrufolato nella stanza e che l'ha magicamente immobilizzata al letto per succhiarle il cazzo.» Cecil si schernì e gli lanciò un'occhiataccia. «Lei ha una bella immaginazione, Signore, devo ammetterlo. Mi hanno fatto i complimenti per le mie capacità, ma non mi hanno mai detto d'aver mandato delle scosse di elettricità attraverso un corpo.»

Jonas si sentì mancare l'aria. Era senza parole.

Cecil si appoggiò alla mensola del camino e lo fissò.

«Cosa hai messo nel tè?» riuscì a chiedergli Jonas.

«Oh, il tè. Era solo una piccola tintura di erbe. Sua Signoria ha un bel giardino di erbe, come sa benissimo anche Lei. Di solito preparano una miscela speciale, quasi buona come il laudano, dicono. Per il mal di denti e cose del genere. Ne basta un goccio. È un bene che Lei non abbia bevuto tutta la tazza, credo. La prossima volta saprò meglio come dosarla.»

Jonas scosse la testa, stupito. «Mi hai drogato, e a quale scopo? Sarei stato consenziente. Quale brivido indecente si può trarre dall'imprigionare il corpo di un uomo tra il sonno e la veglia?»

Cecil gli lanciò un'occhiata di ammonimento. «Indecente? Non direi, Signore. E devo dire che il suo corpo sembrava rispondere abbastanza facilmente. Non la definirei certo una prigione.»

«Mi fai schifo.»

«Suvvia, Signore. Sembra che a Lei piacciano i drammi, vero? Ho pensato che avrebbe trovato la cosa divertente.»

Cecil ridacchiò e Jonas si voltò, cercando di ricomporsi. Avrebbe voluto tagliarlo con le parole, ma si accorse di non averne abbastanza per quella creatura.

Gli occhi di Cecil si socchiusero, aveva ancora qualcosa da dire.

«Dopotutto, Signore, credo che sia stata una bella prova di recitazione quella che ha messo in scena ieri sera nella cappella,» disse Cecil, con voce aspra. «Che sogni deve averle ispirato durante la notte.»

Jonas si girò di scatto. «La cappella? Sei stato tu dunque?»

Cecil scoppiò a ridere. «Oh, Signore, avrebbe dovuto vedere la sua faccia!»

Trasformò i lineamenti del volto in una maschera di paura.

«M-M-Marcus, sei tu?» gridò.

«Perché, bastardo?» Jonas strinse i pugni lungo i fianchi con rabbia.

«Deve perdonarmi, Signore. Ma quando l'ho vista volare giù da quelle scale con indosso solo la camicia da notte e le scarpe, ho dovuto tirarle uno scherzo. È stato fin troppo facile. Sembrava particolarmente turbato da quel vecchio e orribile dipinto. Lo ha maledetto come se si trattasse di un uomo vero. È quello che l'ha fatto arrabbiare così tanto? E poi, dopo la sua piccola caduta dalla collina, sono riuscito a intrufolarmi nella cappella per osservarla di nascosto. Per fortuna la pioggia l'ha spinta a entrare. Comunque, cosa stava cercando in giardino?»

«Sei un essere spregevole.»

«Oh, suvvia. Era solo uno scherzo. Non se la prenda così tanto.» La sua voce assunse un tono freddo e abbandonò qualsiasi espressione di divertimento. «Dobbiamo prendere il divertimento dove possiamo, non l'ha detto proprio Lei?»

Jonas digrignò i denti. Come osava Cecil usare le sue parole contro di lui? Non aveva fatto nulla per meritare un trattamento del genere.

«Quelle cose che hai detto nella cappella, quei nomi; era più di uno scherzo. Come facevi a sapere quelle cose?» chiese Jonas, anche se in un certo senso conosceva già la risposta.

«Be', Signore, non può lasciare il suo diario in giro e non aspettarsi che altri occhi lo vedano, no?»

Jonas si precipitò su di lui, afferrandolo per la giacca e facendolo girare ai piedi del letto. Cominciò a spingerlo verso il pannello di servizio. Voleva che uscisse.

Cecil gli afferrò gli avambracci.

«Ecco, Jonas,» disse. «È quello che sentivo sotto la facciata. Ecco cosa volevo. Potrai anche fingere bene la tua parte, ma non sei un gentiluomo, vero? Signore!»

Sputò l'ultima parola con tono avvelenato.

«Sotto tutti quei bei vestiti e quella voce da snob, non siamo poi così diversi, vero, signor Laurence?»

«Non sarò un gentiluomo, ma non sono affatto come te. Che gioia può darti maltrattare qualcuno, un perfetto sconosciuto, in questo modo? Lacerare il suo cuore e rivangare ricordi e ferite. È solo per il tuo divertimento?»

Cecil rispose con una risata di scherno.

«Che ne sai tu della mia vita?» ringhiò. «Non puoi sapere le cose che ho sopportato, le ingiurie che mi sono state fatte.»

«No, non posso saperlo. Ma è pietoso che tu sia caduto così in basso. Che la vita ti abbia reso nient'altro che un imbroglione dal cuore nero come la pece.»

«Be', di certo il mio cuore nero o il mio corpo non ti sono dispiaciuti come sostituto del tuo povero e prezioso Marcus, no?»

Jonas non ci vide più e prima di rendersene conto aveva già colpito l'uomo.

Cecil inciampò all'indietro, massaggiandosi la mascella.

«Fottuto bastardo,» sibilò.

«Fuori!» ruggì Jonas. «Fuori dalla mia stanza! Fuori dalla mia vista!»

Spinse Cecil contro il pannello di servizio, facendolo scattare. Lo spalancò e afferrò Cecil per una spalla.

«Toglimi le mani di dosso,» gridò Cecil e spinse via Jonas. Afferrò la porta a pannelli e si mise dietro di essa. «Te ne pentirai, stupido giardiniere. Non puoi trattarmi così; te la farò pagare!»

«L'unica cosa di cui mi pento è di averti toccato,» disse Jonas a denti stretti.

E con quelle parole chiuse il pannello con un calcio, ributtando Cecil nel corridoio. Jonas lo chiuse e vi si appoggiò contro.

Cercò di calmare il respiro, di placare la rabbia. Che stupido che era stato. Lasciarsi manipolare da quell'essere sinistro soltanto per un folle brivido. E per cosa? Per i meri piaceri del corpo. Cecil aveva ragione su una cosa: era stato stupido. Stupido e sconsiderato.

Arrancò fino alla brocca dell'acqua, e ne versò un po' nel catino. Sussultò per la temperatura gelida, ma, nonostante il freddo, si strappò di dosso la camicia da notte e cominciò a spruzzare acqua su tutto il viso, il collo e il petto finché non ebbe i brividi. Afferrò l'asciugamano accanto alla bacinella e si asciugò.

Si accasciò sulla sedia dello scrittoio, premendosi la stoffa sul viso. La lasciò cadere in grembo e tirò verso di sé il diario. Gli schizzi ad acquerello erano insieme a esso. Fece scorrere il dito sul bordo di uno schizzo dall'aspetto particolarmente soleggiato, dominato da un verde brillante, giallo e rosso. Come poteva una casa del genere essere così inquietante e allo stesso tempo promettere tanto sole e tanta luce?

Per un attimo, si pentì della sua decisione di fuggire a Londra. Era solo la seconda mattina che si trovava in quella casa? Sembrava difficile da credere. Le persone e l'atmosfera erano state così in contrasto tra loro che era arduo conciliarle. E, in qualche strano modo, gli eventi delle ultime dodici ore erano stati una catarsi significativa. Era stato costretto ad affrontare di petto tanti sentimenti ir-risolti e, in maniera del tutto incomprensibile, ora si sentiva più integro, nonostante fosse stato scosso fin nel profondo dell'anima.

Ma, soprattutto, non poteva rimanere lì, nudo al tavolo di scrittura, in attesa di sconvolgere qualsiasi povera cameriera potesse arrivare. Doveva scendere al piano di sotto ed esprimere i suoi sentimenti a Vita.

Quando entrò in sala da pranzo, Jonas trovò Vita intenta a leggere il giornale davanti a un piatto di riso e pesce affumicato e rognoni alla diavola.

«Ah, buongiorno, Jonas.»

«Buongiorno, Lady Stanley.»

Vita gli rivolse uno sguardo indagatore. «Siamo di nuovo così formali?»

«Temo ci sia qualcosa di cui devo parlare.»

«Di certo non a stomaco vuoto, per quanto sia grave. La prego di fare colazione.»

Jonas ci pensò un attimo, con lo stomaco che brontolava, ma doveva assolutamente dare la notizia prima di cambiare idea. Si sedette. «Temo di doverle porgere le mie scuse, Lady Stanley, ma devo tornare a Londra.»

Vita chiuse di colpo il giornale e lo posò.

«C'è qualche emergenza?»

Jonas scosse la testa. «Non proprio. Qualcosa di più simile a una crisi di coscienza.»

«Oh no, la prego, non dica così, Jonas. Speravamo che rimanesse almeno per qualche giorno. Sarebbe un vero peccato andarsene ora, e con Graham appena rientrato.»

«Lord Stanley è tornato? Pensavo che il suo rientro fosse stato rimandato.»

Vita inarcò le sopracciglia. «Così suggeriva il suo telegramma, ma in qualche modo è riuscito a districarsi ed è tornato ieri sera molto tardi,» disse, con tono ironico. «È arrivato dopo cena, nel cuore della notte. Mi sorprende che non l'abbia disturbata, c'è stato un tale trambusto.»

«Mi ero addormentato profondamente,» disse Jonas, non volendo rivelare le sue attività notturne. «Con un libro a letto, ero davvero esausto.»

«Capisco. Sono contenta che non si sia svegliato. È stato un vero evento e poi quei maledetti segugi che continuavano a ululare dappertutto.»

Un brivido attraversò Jonas. «Segugi?»

«Oh sì, Graham ha portato con sé i cani a Londra. È una sua abitudine, anche se non riesco a capirne il perché. Ed erano decisamente agitati quando finalmente li ha liberati dall'automobile. Li ha lasciati correre per il parco per quelle che sono parse delle ore. Per fortuna il caro Christopher riesce a dormire anche durante un temporale.»

«Cani che corrono per il parco,» mormorò Jonas.

«Sì, finché non ha ricominciato a piovere. Poi li ha portati dentro.»

«Sì, in effetti ho sentito abbaiare. L'avevo dimenticato.»

«Deve averlo sentito per forza, era decisamente assordante. Spero che non l'abbiano incomodata eccessivamente.»

«No, affatto, li ho notati, ma non mi hanno incomodato.»

«Pensavo che avrebbe finalmente potuto incontrare Graham questa mattina nell'ala orientale. Oh, ma eccolo qui.» Il suo sguardo si spostò dietro Jonas. «Sono sicuro che riuscirà a convincerla a darci un'altra possibilità.»

Jonas cominciò ad alzarsi e a voltarsi verso la porta. Ciò che vide lo fece ricadere sulla sedia con un tonfo.

«Oh, cielo,» disse Vita.

«Mio caro amico,» disse Lord Stanley. «Tutto bene?»

*Tutto bene?* Avrebbe voluto gridare Jonas. *No, certo, che non va tutto bene. Sei un fantasma! Sei l'uomo del quadro che ha preso vita! Il fantasma che mi aspettava nella mia stanza ieri sera, la creatura che ha infestato i miei sogni per due giorni. Il fantasma che mi ha sedotto!* E, rendendosi conto di quanto tutto ciò sembrasse ridicolo, si sentì come se fosse stato ripetutamente schiaffeggiato in faccia.

«Ma... solo... è solo... il quadro,» riuscì a balbettare.

«Ah, sì,» disse Graham con una risatina. «Quel maledetto ritratto.»

«Sì, la somiglianza non è davvero terribile?» chiese Vita. «Come le ho già detto, prendo spesso in giro Graham per via del quadro.»

«Ma, ovviamente,» disse Graham, entrando nella stanza, «la maggior parte delle persone mi incontra prima di vedere il dipinto; quindi, la somiglianza di solito viene vista al contrario.»

«Dovremmo rimuovere quella cosa orribile,» disse Vita. «Spesso ho la sensazione che mi osservi mentre cammino.»

«E ti dispiace tanto che un viso uguale a quello di tuo marito ti osservi?» disse Graham, prendendola in giro. «E poi, la mamma non ne vorrà nemmeno sentir parlare.»

«Se vuole l'elettricità in camera da letto, potrebbe anche ascoltare,» osservò Vita con tono arcigno.

Jonas ritrovò la voce. «Lord Stanley, temo che ci sia qualcosa di cui dobbiamo discutere.»

«La prego di chiamarmi Graham. E sì, certo, faremo una passeggiata nel parco dopo aver mangiato.»

Jonas si schiarì la gola e inspirò profondamente.

«No,» dichiarò. «Penso che dovremmo parlarne adesso, Lord Stanley.»

Vita parve sorpresa, mentre suo marito aveva un'aria divertita.

«Va bene, signor Laurence, se proprio insiste.»

«Sì, per favore.»

Jonas uscì di corsa e aspettò che Lord Stanley lo seguisse. Quando uscì dalla sala da pranzo, gli fece cenno di proseguire.

«Per favore,» disse, «un po' più lontano dalla casa.»

«Ma, signor...»

«Per non essere ascoltati, grazie.»

Arrivato al limitare della porta carraia, Jonas si girò, non riuscendo più a controllare i suoi sentimenti.

Si avvicinò a Lord Stanley e lo colpì sul petto, lasciandolo sconcertato.

«Mi dica, per favore, che diavolo di significato ha avuto la notte scorsa?» La sua voce era un urlo contenuto a malapena.

Graham scosse la testa, in preda alla confusione più totale.

«Ma, caro amico, pensavo che anche tu fossi aperto all'idea. L'altra mattina ho ricevuto un telegramma da Vita in cui mi diceva che le cose sembravano andare a gonfie vele. È per questo che ho deciso di affrettare il mio ritorno. Ho avuto l'impressione che pensasse che saremmo stati una bella coppia. Non vedevo l'ora di conoscerti e quando ti ho visto alla finestra e mi hai invitato a salire, ho pensato che...»

«Ti ho invitato a salire?» esclamò Jonas.

«Sì, hai alzato la mano e poi hai annuito. Ho semplicemente pensato di essere il benvenuto. Ammetto che di solito non sono così sfacciato nelle mie attenzioni, né così... aggressivo. Ma quando ti ho visto, sono stato preso da...»

«E, un momento,» disse Jonas, con i pensieri che si affastellavano su se stessi. «Hai detto che tua moglie ti ha mandato un telegramma su di me?»

Graham fece una piccola smorfia e per la prima volta non sembrò confuso. «Be', sì, mi dispiace. È stato forse indecente da parte nostra? È solo che io ti conoscevo di fama, naturalmente, e da come Derrick mi ha sempre parlato di te, sembrava che anche lui pensasse che saremmo stati una bella coppia.»

«Derrick? Una bella coppia?» Jonas sentì girare la testa. «Ma tutta questa faccenda... mi sento proprio preso... questa dannata finzione di un fantasma.... Niente di tutto ciò ha senso. Dopo lo scherzo che mi ha fatto il tuo cameriere, non posso che sospettare di tutto in questa casa, devo essere onesto.»

Graham si fece avanti e gli mise una mano sulla spalla.

«Cameriere?» chiese, con voce preoccupata. «Che cosa intendi dire?»

«Quel giovane, Cecil, che mi faceva da valletto. È una creatura piuttosto subdola.»

«Oh buon Dio,» esclamò Graham. «Sì, in effetti lo è. Ho implorato Vita di licenziarlo molto tempo fa. Da quando l'abbiamo assunto ha combinato ogni sorta di guaio. Riempiva le teste delle cameriere con storie assurde e faceva scherzi ai nostri ospiti. Come vedo che deve aver fatto anche con te.»

Jonas espirò con forza. «In un certo senso, sì.»

«Sa essere affascinante quando ne ha bisogno. Molto affascinante. Il che riesce solo a rendere la lama del coltello ancora più affilata quando decide di colpire. Credimi, ho già sperimentato i suoi colpi.» Squadrò le spalle. «Non posso fare altro che scusarmi. Non preoccuparti, mi occuperò immediatamente di Cecil. È giunta l'ora che trovi un nuovo lavoro in una nuova casa. Non tollererò più un comportamento del genere. E di certo non voglio che allontani una persona come te.»

Jonas sbatté le palpebre e cominciò a respirare più normalmente.

«So che è successo solo poche ore fa,» proseguì Graham. «Ma ho avuto la sensazione che la notte scorsa sia stata, be', qualcosa di speciale e insolito. È stata forse veloce e brutale, lo so. E per questo mi scuso. Questa è casa mia, una casa confortevole, e non un vicolo buio di Ipswich. Non è affatto così che volevo si svolgesse il nostro primo incontro. Pensavo che avremmo avuto più tempo prima di diventare così intimi. Almeno quello era il mio piano.»

«Il tuo "piano"?» chiese Jonas. «Mi sento come se fossi stato inserito in un bizzarro rompicapo di cui non conoscevo l'esistenza. Non so davvero cosa pensare di tutte le macchinazioni che mi circondano.»

«Lo so che ci conoscevamo pochissimo prima di ieri sera, ma ho pensato che se avessi accettato l'offerta di venirci a trovare, forse...»

Jonas alzò la mano. «Chiedo scusa, ma anche questa volta mi sembra che tu sappia molte cose di me, quando io non posso dire altrettanto.»

Graham lo guardò con un'espressione nuova.

«Buon Dio,» disse a voce bassa. «Sono stato uno sciocco a pensare che potessi ricordarti.»

«Ricordarmi?» chiese Jonas.

«Vuoi passeggiare con me, per favore?» chiese Graham con tenerezza.

Camminarono, senza parlare, fino ad arrivare a una panchina nel giardino sul retro. Graham invitò Jonas a sedersi, e lui lo fece, piuttosto grato, poiché la stanchezza sembrava minacciare ogni fibra del suo essere. Graham si sedette accanto a lui ed entrambi osservarono il giardino per qualche secondo prima che lui parlasse.

«La prima volta che ci siamo incontrati è stato circa due anni fa, in uno di quegli stupidi club dove gli uomini di Londra siedono con sigari e biglietti da visita e fingono di fare qualcosa, qualsiasi cosa, di utile. Non ci siamo detti molto di più di un semplice "salve" e per la maggior parte della serata sei rimasto circondato da soci che chiacchieravano con te. Ma io non sono mai riuscito a toglierti gli occhi di dosso. Per tutta la sera, mentre parlavi, bevevi o facevi finta di ascoltare qualche vecchio trombone, non ho fatto che guardarti. Avrei voluto tanto parlare con te, ma non sono riuscito a trovare il coraggio. E, naturalmente, c'è sempre questa preoccupazione, non è vero? Non si sa mai se un uomo ha la stessa inclinazione e il timore di tradirsi e di provocare una scena irreparabile è davvero scoraggiante.»

«Sì, certo,» disse Jonas sottovoce.

Qualcosa balenò in fondo alla sua mente, un vago ricordo. Certo, come aveva potuto essere così ottuso? Ora capiva perché il volto del quadro gli era parso così familiare, così ossessionante. Gli era sembrato un ricordo profondo che non riusciva a mettere a fuoco. E ora si rendeva conto che era proprio così. Non ricordava di aver incontrato Graham, ma quel bel viso era rimasto impresso da qualche parte nei recessi della sua mente. Dopotutto, come si poteva dimenticare un viso del genere? Conoscendo le sue abitudini emotive, poteva benissimo essere stato colpito dalla bellezza di Graham, ma aver seppellito quell'attrazione nel tentativo di dedicarsi completamente alla sua relazione con Pearson. Si era sforzato così tanto e per così tanto tempo d'essere ciò che gli altri volevano.

«Ma poco prima di lasciare il locale quella sera,» continuò Graham, «ti ho visto parlare con Derrick. Sembravate conoscervi piuttosto bene e così, dopo che te ne sei andato, ho preso da parte mio cugino e gli ho chiesto chi fossi. Ha confermato che eri il socio di cui si parlava da tempo, Jonas Laurence, e mi sono sentito sollevato. Mi sono subito rallegrato, sapendo che era arrivato il mio momento. Immagino che mi si leggesse in faccia, e mio cugino non è poi così stupido come spesso finge di essere, così mi ha detto con noncuranza che tu e il tuo socio, un certo Pearson, mi pare.»

Jonas poté solo annuire.

«Insomma, che voi due avevate una situazione abbastanza confortevole in città. Le mie speranze si sono infrante, ma non la fiamma che si era accesa vedendoti. Credevo d'essermi comportato in maniera piuttosto disinvolta, ma sono certo che Derrick ha notato il mio improvviso interesse per il suo studio e i suoi soci, in particolare per te. Ogni volta che ci sentivamo, mi teneva al corrente di come procedevano le cose e io desideravo ardentemente avere la possibilità di rivederti.»

Si voltò verso Jonas. Il suo volto non era intenso o minaccioso, ma piuttosto tenero e gentile. Qualcosa in Jonas gli diceva che avrebbe dovuto sentirsi a disagio, che avrebbe dovuto indietreggiare di fronte a questo interesse rabbioso mostrato da un perfetto sconosciuto, ma non lo fece. Al contrario, ne fu toccato, commosso da qualche parte e in qualche modo che non riuscì a identificare. Quando guardò negli occhi di Graham, la sua mente venne inondata dai ricordi della sensazione delle sue braccia intorno a lui, dei baci sulla sua pelle, di Graham che gli scivolava dentro. Voleva di nuovo quelle sensazioni, le desiderava. Le desiderava così profondamente da pensare che avrebbe potuto spezzarsi in due per la forza delle sue emozioni.

«Ho avuto la mia occasione,» continuò Graham. «È stato poco meno di un anno fa. La festa nella casa di Derrick in città. Un'occasione piuttosto divertente e chiassosa, come tendono a essere le feste di Derrick. E tu eri lì. Derrick aveva fatto uno sforzo particolare per invitarmi, credo; aveva fortemente insistito perché partecipassi. All'inizio, ero un po' contrariato. Sei arrivato con il tuo amico, il tuo Pearson, e io ero furioso con Derrick. Pensavo che mi avesse portato lì per mostrarmi la verità, per porre fine al mio stupido struggimento. Ci siamo parlati, ci siamo presentati, ma tu sembravi piuttosto distratto. Dubitavo che ti fossi accorto della mia presenza o che ti saresti ricordato del nostro incontro. E pare proprio che tu non l'abbia fatto.»

Jonas abbassò il capo, imbarazzato. Come aveva fatto a dimenticare quell'uomo? La sua mente era stata così confusa negli ultimi due anni? Scosse la testa. Sperava finalmente che la nebbia cominciasse a diradarsi e che entrasse la luce; si sentiva d'aver vagato in uno strano stato confusionale più a lungo di quanto si fosse reso conto.

«Ma ho capito, naturalmente,» disse Graham. «Tu e il tuo amico sembravate molto in disaccordo quella sera, e soprattutto tu sembravi piuttosto infelice. Ho cercato di comportarmi bene, di godermi la festa come dovevo. Ma, in realtà, ti ho tenuto d'occhio per tutta la sera. Poi ho visto te e Pearson discutere in un angolo, in modo piuttosto acceso, e il tuo amico andarsene infuriato. Anche Derrick l'ha visto e mi ha incoraggiato a intervenire, a fare la parte del soccorritore. Per approfittare della situazione. Ma non potevo fare una cosa del genere. Non sarebbe stato giusto, non in quel momento, non nel bel mezzo di quella che per te era chiaramente una battaglia emotiva. Sembravi ferito e il mio cuore soffriva per te.»

Graham si interruppe e si voltò, come alla ricerca delle sue prossime parole.

E i ricordi inondarono Jonas.

Ricordava bene la notte di cui parlava Graham. Anzi, forse troppo bene. Era stata la notte in cui aveva capito che era finita. Lui e Pearson avevano litigato per settimane, discussioni insignificanti, sfociate a volte in vere e proprie urla. Pearson era arrivato al capolinea emotivo; aveva accusato Jonas di non esserci mai, di usare il bisogno sociale della finzione di una "semplice amicizia" come scusa per tenerlo lontano, per escluderlo. Jonas aveva rinnegato quelle accuse, pur sapendo, dentro di sé, che erano vere. Non aveva intenzione di escludere Pearson, lo aveva amato, un tempo, o almeno così aveva creduto, ma quella sensazione lancinante di vuoto non smetteva di tormentarlo. Quella impressione che ci fosse qualcosa, forse qualcuno, che mancava nella sua vita.

Aveva pregato Pearson di dargli un'altra possibilità e la tensione fra loro si era un po' placata. Ma la sera della festa a casa di Derrick, le cose avevano preso una piega diversa. Jonas era stato gelido, persino brusco e scortese, e aveva fatto del suo meglio per tenere tutti a distanza, soprattutto Pearson. Col senno di poi, era stato un bene che Graham non avesse cercato di parlargli proprio quella sera. Gli avrebbe probabilmente lasciato l'amaro in bocca, visto il suo stato.

Jonas si appoggiò alla panchina e si passò le mani sul viso, vergognandosi dei sentimenti che i suoi ricordi avevano fatto riaffiorare.

Quello che non era riuscito a dire a Pearson allora, e che non aveva mai detto a nessuno, era che il giorno prima aveva ricevuto una lettera. Un'altra lettera della sorella di Marcus, o meglio, questa volta *sulla* sorella di Marcus. Aveva ricevuto una missiva in cui si diceva che era morta, colpita da una polmonite. Sebbene lei e Jonas non fossero mai stati amici intimi, si era tenuta in contatto con lui nel corso degli anni. Si erano scambiati lettere e, in alcune rare occasioni, avevano condiviso un pranzo in città. Ma al di là della loro amicizia occasionale, e in maniera ancora più significativa, lei era stata l'unico legame che gli era rimasto con Marcus. Fino alla notizia della sua morte non si era reso conto di quanto avesse a cuore quella relazione, di quanto ne avesse bisogno. Era l'unica cosa che restava di Marcus e che gli dava ancora la sensazione di essere legato a quell'amore profondo che aveva provato un tempo. Con la sua scomparsa, il legame si era spezzato e in lui si era scatenata una tempesta di emozioni che non era stato in grado di controllare. Sembrava che tutti fossero divenuti suoi nemici, soprattutto coloro che lo amavano di più e che si aspettavano di essere ricambiati.

Come Pearson.

Pochi giorni dopo la festa, Pearson era partito per un viaggio inaspettato nel Mediterraneo con alcuni amici. Al suo ritorno, sia lui che Jonas si erano ripromessi di fare un altro tentativo. E sebbene avessero superato a fatica i mesi invernali, in una miserabile farsa di ciò che avevano avuto un tempo, non era più stata la stessa cosa. Lo sapevano entrambi. Solo Pearson, tuttavia, era stato abbastanza coraggioso da dire basta. Per liberare finalmente Jonas dalle catene del senso di colpa che li aveva tenuti legati.

Avrebbe voluto essere molto di più per Pearson, essere tutto ciò che quell'uomo meritava, ma non ne era stato capace. Fino a quando lo spettro di Marcus non era scomparso dalla sua vita, non si era mai permesso di essere completo. Ora sapeva che era vero, anche se gli ci erano voluti tutti quei mesi per capirlo. Adesso, finalmente, sapeva di poter essere un uomo completo, pronto e disposto ad amare.

Graham si schiarì la gola e strofinò le mani sulle cosce.

«Ieri sera,» disse Graham, «quando sono venuto da te nella tua stanza, c'era qualcosa nel tuo modo di fare, nel tuo stato d'animo, che mi ricordava quella sera alla festa di Derrick. Ma questa volta, invece di cercare di nascondere quel dolore che evidentemente ribolle dentro di te, sembravi così aperto, così ricettivo, così bisognoso di tenerezza, e questo mi ha colpito terribilmente. Ho sentito una passione profonda che non provavo da tempo, persino superiore a quella che pensavo di avere già per te. Per tutto questo tempo ho avuto un'immagine di te nella mia mente, un'immagine di ciò che pensavo tu fossi e di ciò che avremmo potuto essere, ma non ho mai pensato che fosse reale. Fino a ieri sera. Trovarti così, averti così, mi ha fatto capire che non era solo una fantasia.»

Guardò profondamente negli occhi di Jonas. «Momenti come questo si presentano così raramente nella vita. Una volta, forse due, se siamo fortunati. Mi sembra contro natura rifiutarsi di accettarli. Non vorrei vivere con il rimpianto di non aver almeno provato a vedere se c'era qualcosa di più,» disse Graham. «Non sei d'accordo?»

Qualcosa di simile a un singhiozzo si impadronì della gola di Jonas, rendendogli difficile parlare. Avrebbe voluto gridare, dire sì, sì, sì fino ad avere la gola secca. Ma la cautela glielo permetteva solo in parte.

«Sì,» disse a bassa voce. «Sono d'accordo.»

Rimasero seduti per un momento senza parlare. Jonas fissò il paesaggio. Il lago, che prima sembrava così lontano, era luminoso nella luce del giorno. Scintillante e azzurro, sembrava riempirsi di luce mentre le sue increspature lambivano la riva.

«Tutto questo allora,» disse infine, «il giardino, il lavoro, era tutto un espediente? Solo per farci incontrare di nuovo?»

«Affatto,» disse Graham. «Ma ho pensato che valesse la pena provare. Quando, un paio di mesi fa, ho contattato Derrick per comunicare il mio interesse a fare qualcosa del parco, si è lasciato sfuggire che tu forse eri libero. Che tu e Pearson stavate prendendo strade diverse e che il lavoro ti avrebbe distratto. Se tu non avessi provato alcun interesse per me, ma solo per i nostri giardini, allora avrei avuto un nuovo splendido parco, se non altro. Ma, naturalmente, non posso mentire e dire di non essere stato animato dalla speranza.»

«Bene,» disse Jonas. «Perché c'è qualcosa in questo posto che mi colpisce. Quando sono arrivato, devo essere sincero, qualcosa mi disturbava. Ma, anche allora, lo trovavo molto bello.» La sua mente tornò alla catarsi a cui aveva pensato poco prima. «Proprio stamattina, in questo nuovo giorno, qualcosa mi chiama. Mi sento come se, in qualche strano modo, appartenessi già a questo luogo. Tua moglie ha detto qualcosa di simile prima, ma io pensavo che fosse solo una lusinga. Ora mi guardo in giro e vedo di essere arrivato a un punto di riposo. Tutto il mio lavoro, per tanti anni, è stato un'esplosione di energia e un modo per espellere la confusione dalla mia mente. Mi piace pensare che di tanto in tanto ho creato qualcosa di bello. Ma non mi sono mai soffermato, non mi sono mai lasciato andare. Ho corso, da un progetto all'altro, per molto tempo. Qui ho la sensazione di potermi fermare per un momento. Potrei finalmente ascoltare ciò che mi dice il paesaggio, ciò che mi sussurra quando sono in silenzio, invece di urlare con tutta la mia voce per sottomettere la natura al mio progetto, ai miei piani. Perché ho imparato che, alla fine, i piani non significano molto.»

Graham lo guardava con un sorriso ammaliante sul volto.

«Questa è la voce che ho visto nei tuoi articoli,» osservò. «È l'artista che ho sentito nelle tue parole.»

Jonas era sorpreso. «Hai letto i miei articoli? Non credevo che qualcuno l'avesse mai fatto.»

Graham rise. «Suppongo di sembrare una scolaretta infatuata. Ma, sì. Derrick mi ha mandato una copia di *The Country Estate* quando hai pubblicato lì per la prima volta anni fa. Era piuttosto orgoglioso, sai; non lasciarti ingannare dalla sua lingua velenosa. Il saggio mi ha commosso e da allora ho deciso di abbonarmi alla rivista. Leggere i tuoi articoli ha alimentato parte del mio desiderio di incontrarti per la prima volta. Ho sentito la tua voce sulla pagina e questo ha acceso i miei sogni. Come potevo prevedere che tu stesso saresti stato così bello e irresistibile?»

Jonas abbassò la testa, cercando di nascondere un sorriso.

Graham fece scorrere il mignolo lungo il lato della mano di Jonas appoggiata sulla panchina. «Allora sono solo i giardini a suscitare il tuo interesse?» gli chiese dolcemente.

Jonas incontrò il suo sguardo. «No, non solo. C'è qualcosa che mi colpisce profondamente anche in te. Mi sembra di non dover più fuggire. Forse non ha senso, conoscendoci da così poco tempo. Ma è la verità.»

«Non è necessario che le cose abbiano sempre senso per essere vere,» osservò Graham.

Si chinò e baciò Jonas con dolcezza, con tenerezza. Jonas chiuse forte gli occhi mentre si baciavano. Sperò dentro di sé che il bacio non finisse mai.

«Pensi,» chiese Graham, «che potremmo ricominciare da capo? Fare tabula rasa, per così dire, e vedere se possiamo esplorare qualcosa insieme?»

Jonas annuì. «Mi piacerebbe molto. Ma che ne sarà di Vita?»

Graham sorrise ampiamente, la sua voce aveva un tono brillante. «Cara, fantastica Vita. Mio caro amico, non sai che è felice e che sa tutto? Vita mi conosce come nessun'altra persona al mondo, fin da quando eravamo bambini. Anzi, abbiamo gli stessi gusti in fatto di uomini.» Poi strizzò l'occhio a Jonas e rise di gusto. «L'intero accordo, il nostro matrimonio, è stato, in effetti, una sua idea. Non ci sono stati segreti o illusioni tra noi. Vita non è fatta per essere la moglie "per bene" di qualcuno, da esibire in occasioni formali e da usare per decidere la distribuzione dei posti a sedere durante un'occasione mondana. Impazzirebbe di noia se la sua vita non fosse altro che quella d'una semplice compagna o un ornamento per un uomo, ma lei, proprio come me, ama e apprezza una vita confortevole. Quindi eccoci qui. Condividiamo un figlio che entrambi adoriamo, ed entrambi viviamo una vita piena di interessi e di attività personali.»

«In questi ultimi giorni mi sono sentito come se mi stessero valutando,» ammise Jonas.

«La mia meravigliosa moglie ha innumerevoli e deliziose qualità, ma la sottigliezza non è tra quelle.» Graham si alzò dalla panchina e offrì la mano a Jonas. «Vogliamo iniziare la giornata, allora, e vedere dove ci porta?»

«Sì, andiamo.»

Quando arrivarono davanti alla casa, Jonas ricordò l'inizio dell'agitazione della mattina.

«Devo confessare un dettaglio che forse prima ho tralasciato,» esordì.

«Sì? Che cosa?» chiese Graham.

Jonas si schiarì la gola. «Sì, be', per quanto riguarda Cecil.»

«Quella canaglia; sì, vai avanti.»

«Sì, be', vedi, Graham. Stamattina, in preda all'agitazione, potrei averlo colpito.»

Lord Stanley rimase a bocca aperta. «Cecil? Hai colpito Cecil?»

«Temo di sì. Gli ho dato un pugno sulla mascella. In mia difesa...»

Ma venne interrotto dalla risata dell'altro uomo senza riuscire a finire la frase. Graham era praticamente piegato in due dalla forza del suo divertimento.

«Oh, mio caro,» disse, asciugandosi le lacrime dagli occhi. «Non posso spiegare la profondità dell'affetto che provo per te in questo momento. Se hai colpito quello sciocco, posso assicurarti che era un gesto dovuto e ampiamente meritato, e ti applaudo per averlo fatto.»

Diede una pacca sulla spalla di Jonas e il sollievo fece scoppiare anche lui a ridere. Era proprio lo sfogo di cui aveva bisogno dopo quella mattinata fatta di agitazione e preoccupazione, e le risate continuarono a crescere sempre più forti e piene. Anche Graham si mise a ridere di nuovo e fu questa scena di allegria quasi folle che vide l'arrivo della Contessa Madre e di Lady Aldrange.

Le due signore, tenendosi per mano, si avvicinarono a loro e sorrisero.

«Proprio come sospettavamo,» disse la vedova. «Voi due siete andati subito d'accordo. Sapevo che sarebbe successo. L'ho detto a Vita appena l'ho incontrata, signor Laurence.»

«L'ha fatto davvero,» concordò Lady Aldrange. «E, signor Laurence, sa che siamo appena stati a vedere di nuovo quel suo meraviglioso autista?»

«Donaldson?»

«Proprio lui. Siamo usciti presto, prima di colazione, per incontrarlo prima che iniziasse a fare i suoi lavori di meccanica e così via. Ci è piaciuto molto il giro che abbiamo fatto ieri in paese e avevamo tante domande da fargli. È stato piuttosto illuminante e dobbiamo confessare che abbiamo deciso di acquistare anche noi un'automobile.»

«E io ho intenzione di imparare a guidare,» dichiarò la Contessa Madre.

«Mamma?» Graham era sorpreso.

«Lo farò!» continuò la donna. «Sai che Donaldson dice che molte donne guidano? Esistono persino libri in proposito, manuali speciali per le donne al volante. Oltre a guanti, occhiali per il viso e un intero guardaroba appositamente pensato per loro.»

«Sai,» disse Graham. «Riesco già a vederti.»

«Sì,» concordò Jonas. «Penso che sarebbe bravissima.»

«Signor Laurence,» disse Lady Aldrange. «Spero sinceramente che non le dispiaccia se lo dico, ma mi sembra piuttosto esausto.»

Sospirò in modo udibile. «Sì, Sua Signoria, lo sono. Più di quanto possa immaginare. È stata una notte alquanto lunga.»

«Allora, dopo la colazione, deve permettermi di procurarle alcuni dei miei sali e delle mie erbe per il bagno. Graham ha una vasca abbastanza grande nella sua stanza, proprio accanto alla sua. Sono certo che non gli dispiacerebbe darle la possibilità di usarla per un lungo bagno corroborante. Sarà la terapia giusta per lenire ogni problema.»

«Che ne dice,» disse Graham. «Di un po' di riposo nella mia stanza, signor Laurence? Non c'è bisogno di scappare a Londra, dopotutto.»

«Oh, aveva intenzione di andarsene, signor Laurence? Spero proprio di no,» disse la Contessa Madre.

«Ha detto a Vita che avrebbe potuto farlo,» disse Graham. Lanciò un'occhiata a Jonas. «Ma, mamma, spero che la nostra chiacchierata di poco fa lo abbia convinto a rimanere qui ancora per molto tempo.»

Jonas sorrise timidamente e cercò di non sembrare troppo schivo quando rispose: «Sì, credo che, in fin dei conti, potrei anche farmi convincere.»

«Splendido,» disse la Contessa Madre. «Mi piace molto quando tutti i pezzi di un rompicapo vanno al loro posto.»

«Signore, vogliamo fare colazione?» chiese Lord Stanley offrendo il braccio alla madre. Lei lo prese con un sorriso e Jonas fece lo stesso con Lady Aldrange.

«Oh, guarda, c'è Vita,» disse Lady Aldrange.

«Ciao, tesoro,» disse Graham. «Hai già finito la colazione?»

«Sì, mio caro, ho finito,» disse Vita. «Vado alle scuderie per la mia cavalcata mattutina.»

«È una giornata perfetta,» disse. «Porgi a Patrick le mie scuse, d'accordo? Temo che il mio arrivo ieri sera lo abbia un po' scosso. So che non ama molto i miei segugi. Spero di non averlo turbato troppo.»

«Sono sicura di poterlo tranquillizzare,» disse Vita. «E signor Laurence,» Vita si fermò accanto a lui e gli mise una mano sul braccio libero. «Mio marito l'ha convinta a rimanere? Dica di sì.»

«Jonas, per favore. E sì, mi ha convinto. Non vedo l'ora di collaborare con lui.»

Vita gli premette la mano sulla guancia. L'uomo si sorprese per quella sensazione di calore.

«Ecco,» disse Vita con un sorriso luminoso, «sapevo che sarebbe stato un abbinamento meraviglioso.»

Si chinò a baciarlo sulla guancia e sorrise alla mamma prima di ripartire verso le stalle.

«Ama molto cavalcare, mia figlia,» disse Lady Aldrange, accarezzandogli il braccio. «E ha notato, signor Laurence? La pioggia è scomparsa del tutto. Il sole è fuori e splende in cielo, tutto è luminoso e verde. Che quadro meraviglioso, e che giornata perfetta per perdersi nel giardino.»

Graham si voltò verso di loro e sorrise, strizzando l'occhio a Jonas.

«Sì,» disse Jonas, sono d'accordo, «è davvero un quadro meraviglioso.»

# La luna del raccolto

## Inghilterra, 1834

Lasciandosi alle spalle i gioviali rumori di chiacchiere e canzoni, Malcolm uscì dalla taverna per ritrovarsi avvolto dalla frescura della notte. Aveva bevuto, ma anche se non aveva esagerato, sentiva il bisogno di un po' d'aria fresca. La clientela era abbastan-

za simpatica ma per qualche motivo, nonostante l'oscurità, aveva avvertito la necessità di uscire. Desiderava sentire la brezza sfiorargli la pelle, osservare la luna, immergersi nella natura. Nei pressi del pub c'era un piccolo spiazzo illuminato dal cielo notturno e fu proprio lì che decise di recarsi.

Era ancora sorpreso d'essersi ritrovato in quel villaggio, mai notato prima malgrado tutti gli anni in cui aveva viaggiato fra la sua proprietà e quella della sua prozia. All'apparenza, non si trattava che di un comune villaggio, senza molto che lo distinguesse. Nessun dettaglio degno di nota aveva attirato la sua attenzione quando lo aveva visto per la prima volta all'inizio di quello stesso giorno e forse non si sarebbe neppure fermato se Grannus, il suo povero cavallo, non fosse stato esausto dopo una giornata passata ad arrancare nel fango e sotto la pioggia.

Mentre lui e Grannus entravano nel villaggio, Malcolm notò la sorprendente boscaglia che pareva marcare l'ingresso nella parte principale del piccolo paese. Gli alberi erano cresciuti in una maniera del tutto insolita, simili a colonne che s'intrecciavano fino a suggerire il profilo di un arco. Sembrava quasi l'inizio di un'antica e imponente strada romana, che passava attraverso i rovi e le siepi.

Con l'aiuto di alcuni abitanti del posto, che osservavano incuriositi dalla soglia delle loro case quel visitatore inaspettato, Malcolm scoprì presto quale fosse la locanda con la migliore reputazione che si rivelò essere, da quanto aveva visto, anche l'unica disponibile. Fu felice di scoprirla pulita e accogliente, funzionante principalmente come taverna, ma con alcune camere da letto piccole e ben tenute al piano superiore. Esausto com'era, si sarebbe accontentato anche di una balla di fieno, e quel vero letto fu accolto con immensa gioia.

Sospettò che ormai stava diventando vecchio. A ventotto anni, e come ultimo erede maschio della famiglia, veniva spesso criticato dalla sua prozia per non aver ancora trovato una moglie. Malcolm, tuttavia, non aveva alcun interesse per una moglie, né per le donne in generale. Un dettaglio, quello, che ovviamente non avrebbe mai potuto condividere con nessuno. Sapeva che la sua prozia considerava quello il suo unico obbligo, ma le preoccupazioni di Malcolm circa il suo futuro lascito erano tutte rivolte verso le sue sorelle. Aveva costruito un'enorme fortuna e i suoi investimenti erano vasti; ciò che desiderava era che le sue due sorelle non avessero di che preoccuparsi, indipendentemente dalla scelta o meno di contrarre matrimonio. A parte quello, non aveva intenzione di adempiere alcun dovere che gli era stato addossato.

In piedi nel piccolo spiazzo, pensò che il fruscio degli alberi assomigliasse quasi a un coro di sussurri. Non era che un pensiero sciocco e infantile, che lo fece ridere di se stesso. Un movimento nei cespugli vicini colse la sua attenzione. Sentì qualcosa muoversi fra gli alberi, ma non riuscì a identificarne la fonte. Non provò alcun senso d'apprensione, ma sapeva che, persino in un posto semplice come quel villaggio, era necessario restare in guardia. Urlò in direzione degli alberi.

«Chi va là?»

Un'ombra, una figura accovacciata e nascosta, si mosse dietro un albero. Malcolm portò la mano alla cintura per avvicinarla alla pistola che portava sempre con sé. Ma l'arma, lasciata in camera quando aveva cambiato gli abiti bagnati, non c'era. Maledisse sottovoce la sua malasorte.

«Ho detto, chi va là? Avete qualcosa da fare qui?» ripeté ad alta voce avanzando di un passo.

«No, signore,» rispose una bassa voce maschile. «Stavo solo osservando.»

«E perché mai? Nel locale troverete buonumore e birra. Di certo sareste il benvenuto.»

«Non credo che lo sarei, signore,» replicò la voce. La figura si mosse da dietro l'albero ed entrò in un cerchio di luce lunare che cadeva lì vicino. «Non sarebbe una buona idea.»

Il bagliore della luna rivelò che la voce apparteneva a un giovane uomo, forse minore di Malcolm di due o tre anni.

E che giovane magnifico. Malcolm pensò di non aver mai visto un volto di tale bellezza e freschezza. Persino nel buio della notte, in piedi sotto la luce soffusa della luna, pareva avere guance sfiorate dal roseo tocco della salute. Era snello, ma non magro e fragile come molti lavoratori della terra. Era alto e senza cappello, il viso incorniciato da ciocche di capelli mossi e fulvi che si arricciavano sulle punte. Di fattura semplice ma ben fatti, gli abiti gli ricadevano addosso in maniera perfetta. Si trattava di normali vestiti da campagnolo, ma erano stati intessuti e tagliati da un vero esperto. Le sue ampie spalle e la vita snella, perfettamente proporzionate, ripagavano ampiamente la bravura dell'artigiano.

Senza pensarci, Malcolm aveva cominciato ad avvicinarsi lentamente al giovane. Si sentiva obbligato a farlo da una forza invisibile, come se qualcuno gli avesse legato una corda intorno alla vita e lo tirasse con fermezza in avanti. Entrò nello stesso circolo di luce lunare e, rendendosi conto che stava fissando in silenzio il giovane, si fermò di colpo.

Imbarazzato, aprì la bocca per dire qualcosa, qualsiasi cosa, e lo sconosciuto chinò la testa sorridendo timidamente. Quel piccolo gesto accese la passione di Malcolm che dimenticò subito il suo imbarazzo. I due giovani si scambiarono un sorriso.

«Come vi chiamate?» chiese Malcolm.

«Daniel,» rispose. «Daniel Weaver, poiché la mia è sempre stata una famiglia di tessitori»

«È stata la vostra famiglia a tessere quegli abiti?»

«Li ho tessuti io stesso, signore,» rispose Daniel con orgoglio.

«Vi andrebbe di bere qualcosa in mia compagnia?» gli chiese Malcolm indicando la taverna con un gesto.

«Come vi ho detto, signore, non credo che sarebbe una buona idea.»

«Avete una moglie che vi aspetta a casa?» domandò Malcolm.

«Non ho moglie.»

«La vostra promessa sposa, allora?»

«Credo, signore, che scoprirete presto che non ho alcun legame di quel genere.»

«Proprio come me.»

«Sì, lo avevo immaginato.»

«Sono così facile da capire?» Una traccia d'imbarazzo s'insinuò dentro Malcolm al pensiero della reazione immediata che aveva avuto vedendo Daniel.

«Non avete prestato alcuna attenzione alle ragazze della taverna,» disse Daniel. «E siete rimasto quasi sempre da solo, o in compagnia di uno o due gentiluomini.»

«Mi avete osservato tutta la sera?» chiese Malcolm stupito. «Non vi ho visto all'interno del locale.»

«No, vi osservavo dall'esterno. Attraverso la porta aperta. Vi ho notato sin dal vostro arrivo oggi a mezzogiorno.»

Daniel fece un passo verso di lui e Malcolm, vagamente stupefatto, sentì innalzarsi la propria natura. Rimaneva comunque sospettoso.

«Credevo che voi foste un tessitore, non un cacciatore.»

«Un uomo non può forse avere più di un talento?» Daniel inarcò un sopracciglio e sorrise timidamente.

«Siete molto audace, signore,» rispose Malcolm con un mezzo sorriso. «E ciononostante, anziché unirvi alla gente, preferite nascondervi nell'oscurità.»

Daniel scrollò le spalle, la mascella rigida. «Gli abitanti del villaggio non sarebbero così accoglienti con me come lo sono stati con voi,» disse. «Non sono mai stato parte del loro gregge.»

Malcolm conosceva molto bene quella sensazione, poiché si trattava di una battaglia che aveva combattuto per tutta la vita. Lottare per presentare una versione di sé considerata accettabile da tutti, malgrado fosse insignificante all'esterno e spiritualmente mortificante all'interno.

«Capisco,» disse.

«È quel che mi aspettavo.» Daniel gli studiò il volto per un attimo. «Mi chiedo se vi andrebbe di condividere la mia ospitalità.»

«Ospitalità?»

«Malgrado preferisca non frequentare la gente del villaggio, la mia casa ha sia una brocca di birra che un focolare caldo e accogliente.» I suoi occhi incontrarono quelli di Malcolm e parvero brillare nel bagliore della luna. «Posso chiedervi di venire da me?»

Il respiro di Malcolm perse un colpo e lui batté le palpebre. Si sentiva la testa leggera. Forse aveva già bevuto troppo, pensò, ma certo un bel fuoco e la... compagnia di quel giovane sarebbero stati l'ideale. Era passato sin troppo dall'ultima volta in cui aveva passato del tempo in compagnia di un altro uomo, e il bisogno, ammise a se stesso, era ormai forte.

«Con piacere, signore.»

La foresta, mentre avanzavano, era tranquilla e silenziosa. Malcolm non riusciva a sentire né rumori di piccoli animali né lo svolazzare degli uccelli che di solito popolavano i boschi di notte. Gli pareva, tuttavia, d'essere lui stesso a fare una gran rumore calpestando il sottobosco. Ogni passo gli faceva credere che qualcuno potesse saltar loro addosso da uno dei rami e sopraffarli.

Daniel si girò e, con tono più informale, gli disse sottovoce: «Cammina qui, proprio dietro di me.»

Malcolm si spostò dietro Daniel e ogni rumore parve scomparire. Non sentiva più il crepitio dei ramoscelli o del sottobosco. Era di certo una cosa bizzarra, ma subito Malcolm dimenticò quella stranezza e i suoi nervi si calmarono.

Camminarono per un po' senza dire nulla fino a che, attraverso gli alberi, Malcolm vide brillare una luce, simile a una gemma tenuta davanti alla fiamma di una candela. Si allontanò da Daniel per seguire quel bagliore.

Si ritrovò nei pressi di un lago, la cui superficie riluceva come una sala da ballo durante una festa. Sembrava esserci del movimento tutt'intorno al perimetro dello specchio d'acqua. Uno stormo di piccoli uccelli, di quelli che volavano in giro durante il giorno, sorprese Malcolm alzandosi in volo e gettandosi in picchiata verso l'acqua prima di tornare sugli alberi. Tutt'intorno si sentiva il ronzare di ogni genere d'insetti, le loro ali coglievano la luce della luna e la riflettevano in piccole schegge iridescenti. Al di là del lago, vide un cervo, un maschio dai palchi possenti, che stava immobile sulla riva con aria maestosa. Gli alberi e i cespugli brulicavano di movimento, come se ogni animale della foresta si fosse radunato lì per venerare il lago.

Daniel era accanto a lui. Osservarono insieme la scena.

«È uno spettacolo incredibile,» disse Malcolm. «Non ho mai visto nulla del genere. Siamo nel mezzo della notte, eppure questo lago è splendido come fosse giorno.»

«È per via della luna, naturalmente,» disse Daniel. «La luna del raccolto. È l'ultima luna piena prima dell'arrivo dell'autunno. La notte in cui i mesi caldi si allontanano e la natura si prepara ad accogliere il freddo e il buio. Tutto ciò che vive, vibra per un'ultima volta. Ecco, vedi? Si dice che in notti come questa la luna sia al massimo del suo potere. Ed è proprio quel potere a controllare tutto questo movimento.»

«Potere?»

«Sì, potere su tutte le cose della natura. Sono attratte dalla forza e dalla bellezza della luna. Si dice, in vecchi racconti pagani, che quando la luna e il solstizio sono vicini come adesso, l'eco della natura viene amplificato come in una sorta di galleria. Che tutte le cose la cui forza è legata alla terra sono più forti e meravigliose del solito. Sono più complete. Più potenti.»

Malcolm guardò Daniel.

«Sembra una magia.»

Daniel lo fissò negli occhi.

«Sì, è così.»

Malcolm notò per la prima volta quanto gli occhi di Daniel fossero verdi e luminosi. Di un verde profondo intorno alle iridi che rifluiva verso il centro della pupilla con la chiarezza di una pietra preziosa. Se i suoi occhi fossero stati due strumenti, in quel momento avrebbero risuonato per via della luce che brillava al loro interno. Così vicino a lui, Malcolm riusciva a sentire l'odore di Daniel, speziato come chiodi di garofano o macis, e poi il profumo di pelle liscia, pulita, appena lavata. Avrebbe voluto baciarlo, far scorrere la lingua contro le sue labbra, e assaporarlo.

«Mio Dio,» esclamò. «Sei magnifico.»

Daniel abbassò gli occhi e, mentre sorrideva, due piccole fossette gli apparvero sulle guance. «Mi stai adulando.»

«L'adulazione suggerisce uno scopo e io invece sto semplicemente dicendo la verità. La tua bellezza mi commuove.» Malcolm fece una piccola risata. «Non so cosa mi sia successo. Di solito, non parlo così liberamente. La birra che servono alla taverna dev'essere molto forte.»

«Forse,» concordò Daniel.

«Forse.» Malcolm, tuttavia, sapeva benissimo che quelle strane emozioni non avevano nulla a che fare con il malto fermentato. C'era qualcosa in quel ragazzo che lo attraeva, come un incantesimo.

«Il mio cottage non è lontano da qui,» disse Daniel. «Andiamo?»

Malcolm osservò l'acqua ancora per un attimo. Sembrava immobile, ma di colpo delle piccole onde annunciarono la rottura della superficie, e un meraviglioso pesce colorato saltò sul pelo dell'acqua, con la bocca aperta per dare la caccia a un nugolo d'insetti prima di gettarsi di nuovo sotto la superficie cristallina e scomparire alla vista.

Malcolm guardò Daniel. La luce che si rifletteva dal lago aveva brunito un lato del suo corpo, donandogli un bagliore raggiante come se fosse fatto di un materiale irreale e rilucente. Si chiese come potesse una creatura così meravigliosa prosperare in un posto tanto isolato. Qualsiasi città lo avrebbe celebrato, avrebbe potuto essere la stella brillante di balli e ricevimenti, eppure eccolo lì, nascosto da tutti. Malcolm pensò che fosse un vero peccato. Ciononostante, al tempo stesso, Daniel sembrava appartenere a nessun altro posto o tempo all'infuori di quello. Lì, in quel tableau naturale luminoso e rilucente. Quello era il posto che legittimamente gli spettava, come una sorta di re delle fate.

I loro occhi s'incrociarono. Lo sguardo di Daniel era simile a gemme brillanti. Malcolm venne investito da una strana sensazione, che gli percorse tutto il corpo facendolo tremare. Scambiarsi quello sguardo lo aveva eccitato più di qualsiasi nottata passata con altri uomini. Se un semplice sguardo poteva infiammarlo in quella maniera, Malcolm si chiese cosa avrebbe provato nel sentire il tocco di Daniel, la sua bocca, il suo corpo.

«Andiamo?» ripeté Daniel allungando la mano.

Malcolm la strinse nella sua e annuì.

# Capitolo 2

Il cottage, dalla forma simile alla lettera elle, si trovava nei pressi di un fiume, nascosto da alberi la cui cima si ripiegava su parte dell'abitazione come una tenda o un arco. Malcolm rimase impressionato dalla loro somiglianza con gli alberi che aveva visto arrivando al villaggio. Una serie di finestre si apriva sulla facciata del cottage, ai due lati della porta d'ingresso. Per lo più aperture rustiche, senza vetri e chiuse da scuri per lasciare fuori il freddo notturno. Sul lato che guardava a oriente, tuttavia, c'erano alcune grandi bifore, incorniciate dalla pietra, i cui vetri avevano un aspetto ondulato, lavorato e antico. Attraverso quelle finestre, Malcolm vide altre bifore occupare dello spazio sulla parete opposta e, fra le due pareti, un grande pannello dai colori cangianti.

«Il telaio è tenuto lì,» disse Daniel notando l'interesse di Malcolm. «Le finestre sono sistemate in quel modo per catturare quanta più luce possibile.»

Il fuoco nel camino era vivace e caldo, anzi, lo era in maniera insolita, e Malcolm si domandò come fosse possibile che ardesse con una tale vivacità dopo essere stato lasciato a se stesso tanto a lungo.

«Vivi da solo?» chiese a Daniel.

«Vivo con mio nonno,» rispose il giovane. «Perché me lo chiedi?»

«Per via del fuoco.»

«Ah, sì. Deve averlo acceso per me prima di uscire. In notti come questa preferisce restare fuori. La notte è il suo momento preferito. Non devi preoccuparti, non tornerà.»

Malcolm osservò l'area per dormire vicino al fuoco: un ampio letto con sopra una bella coperta, e due cuscini dall'aria soffice. Proprio accanto a lui c'era la zona per cucinare e mangiare. Appoggiò la mano su un tavolo spesso e semplice con due sedie di simile fattura. Sugli scaffali c'erano parecchi libri, i cui titoli erano difficili da leggere. Alcuni sembravano antichi, forse nulla più che raccolte di fogli scritti a mano tenuti insieme da un filo. Accanto ai volumi, c'era ogni genere d'erbe e fiori essiccati.

«Sei un erborista?» chiese Malcolm.

Daniel sorrise. «Noti molte cose. È un'arte che ho appreso da mia madre, ma non sono un maestro nel praticarla.»

Sul lato più lungo del cottage si trovava l'area di lavoro con tutta l'attrezzatura di un tessitore. In fondo, vicino alle finestre, c'era un telaio poggiato su quattro pilastri, con un tessuto in lavorazione tra i suoi meccanismi. Proprio dietro i fili dell'ordito inseriti nei licci, attraverso il vetro della finestra, Malcolm notò gli alberi della foresta mossi dal vento. Lo spazio fra sé e il telaio era coperto di navette, alcune vuote, altre con i fili già avvolti su di esse, sacchi di rocchetti di cotone sistemati accanto alla grande ruota alta fino al soffitto, e uno spesso pezzo di stoffa che spuntava dall'altro lato. C'erano poi altri scaffali pieni di barattoli di vetro e contenitori di terracotta. Malcolm ne riconobbe alcuni che contenevano pezzi di foglie per ricavare l'indaco oppure radici di robbia secche, tutte cose utilizzate per tingere i tessuti. Un contenitore in particolare attrasse la sua attenzione. Lo prese dallo scaffale facendo rotolare al suo interno delle perle nere coperte di polvere.

«Cocciniglia?» chiese.

Danile si appoggiò al tavolo e sorrise studiando Malcolm.

«Proprio così,» rispose. «Sembri conoscere molte cose di questo mestiere. La maggior parte degli uomini che invito a casa notano a malapena il telaio.»

Malcolm rimise il barattolo al suo posto.

«Immagino che abbia un posto speciale nel mio cuore. Mia madre faceva la tessitrice.»

Daniel incrociò le braccia sul petto spalancando la bocca per la sorpresa.

«Tua madre? La tessitrice?»

«In un certo senso. Lavorava con rocchetti e fili delicati invece che con un telaio vero e proprio. Faceva bellissimi lavori in merletto. È così che ha incontrato mio padre. Lui e sua madre stavano cercando una merlettaia nel Nottinghamshire per commissionare un abito da sposa per la sua sorella maggiore, mia zia. Sua madre aveva idee ben precise su come dovesse essere. E così ha conosciuto mia madre che lavorava il merletto da quando era poco più che una bambina. Si è innamorato di lei e ha deciso di sposarla. Ovviamente, i suoi genitori non erano d'accordo, ma i miei futuri genitori hanno continuato a scambiarsi lettere per quasi un anno prima che i miei nonni si arrendessero e dessero a mio padre il permesso di cominciare a corteggiarla in maniera ufficiale. Mia madre, naturalmente, era molto al di sotto della sua classe sociale, ma alla fine sono riusciti a sposarsi.»

«Come mai i tuoi nonni si sono arresi?»

«Per via di mia zia.»

«La zia dell'abito di merletto?»

Malcolm annuì.

«È stata lasciata dal suo fidanzato che, proprio il giorno prima del matrimonio, è fuggito con una cameriera. Mia zia è caduta in uno stato di tale malinconia che la famiglia ha pensato non si sarebbe mai ripresa. Penso che mia nonna fosse determinata a vedere almeno uno dei suoi figli felicemente sposato perciò si è arresa nella sua battaglia contro le mancanze sociali di mia madre.»

«È si è mai ripresa? Tua zia, intendo dire.»

«No, non del tutto. È sempre sembrata più vecchia della sua età ed è morta nubile. Non molto tempo prima di mia madre. È morta di tisi, sai, quando io ero ancora molto giovane.»

Daniel lo osservò con occhi gentili e Malcolm sentì qualcosa stringergli il petto. Non gli piaceva pensare alla sua famiglia, specialmente a sua madre, ma quando quel giovane lo guardava, gli pareva di non essere in grado di mantenere alcun segreto. Daniel gli strinse la mano per tracciargli la pelle delle nocche.

Un brivido percorse il corpo di Malcolm facendogli girare la testa. Si schiarì la voce. «E tu,» chiese, non volendo parlare di se stesso. «I tuoi genitori?»

«I miei genitori?»

Daniel abbassò le braccia lungo i fianchi. Batté le palpebre e, con la schiena dritta, si avvicinò al fuoco. Si appoggiò alla mensola e fissò le fiamme restando in silenzio per qualche momento.

«Nessuno prima d'ora mi ha mai chiesto dei miei genitori.»

Malcolm si avvicinò.

«Ma di sicuro,» disse gentilmente, «devi avere dei genitori.»

Daniel annuì.

«È passato così tanto tempo che a malapena ne ricordo i volti.» Prese l'attizzatoio e smosse il fuoco mandando una pioggia di scintille nella canna fumaria. «Ricordo che mia madre aveva un bellissimo sorriso e che io ero sempre molto felice di vederlo. Mi ha insegnato tutti i suoi talenti; era un'abile tintora e mi ha mostrato tutti i segreti per ottenere i colori più belli. Era una donna molto forte e anche molto intelligente. Sapeva leggere e scrivere e qualche volta faceva la levatrice per le donne del villaggio.»

«Le erbe,» osservò Malcolm.

«Sì. Era la donna, anzi la persona, più straordinaria che abbia mai conosciuto. Sembrava capace di eccellere in qualsiasi cosa avesse in mente di fare. ovviamente, una donna troppo intelligente e abile, non ha vita facile in questo mondo. Ciononostante, aveva un carattere di ferro, indistruttibile fino alla fine. E sapeva lavorare i tessuti meglio di chiunque altro.»

«Entrambi i tuoi genitori facevano i tessitori?»

Daniel si appoggiò alla parete.

«Sì,» rispose. «È una tradizione di famiglia, da entrambe le parti, e va indietro di molte generazioni.»

«Sono morti entrambi?»

Daniel annuì. «Da molto tempo ormai.»

«Dovevi essere giovanissimo quando è successo.»

«Abbastanza giovane,» disse con una scrollata di spalle.

«E così dopo sei venuto a vivere con tuo nonno? Ti ha aiutato lui a sviluppare il tuo talento?»

Daniel fece un triste sorriso. «Qualsiasi talento io abbia è suo.»

Si tolse la giacca e si chinò per slacciare gli scarponi.

«I miei genitori sono stati assassinati,» disse con finalità.

Malcolm sbarrò gli occhi. «Assassinati? Tutti e due?»

«Sì.» Daniel si tolse uno scarpone e poi si dedicò all'altro. «Sono stati falsamente accusati da alcuni abitanti del villaggio di aver commesso un crimine. Li hanno torturati. Quando non hanno ammesso di essere responsabili delle accuse che gli avevano mosso, sono stati impiccati. O almeno avrebbero dovuto esserlo. Mia madre avrebbe dovuto essere impiccata per prima, ma quando sono andati a prenderla, mio padre ha attaccato le guardie che lo hanno trapassato con le loro spade. E così mia madre è morta da sola penzolando da una corda.»

«Dio mio, è una cosa orribile.»

«Sì, lo è,» disse Daniel sottovoce tirandosi su. «Ma suppongo sia stato meglio così.»

«Meglio così?» esclamò Malcolm.

«Intendo dire per mia madre,» rispose Daniel, muovendosi verso Malcolm. «Le torture l'avevano resa invalida, incapace di usare le mani ormai maciullate. Se fosse vissuta, la sua vita non sarebbe stata altro che un tormento. Non poter più fare tutte le cose che amava l'avrebbe fatta impazzire. Non era il tipo di donna che stava zitta e buona.»

Daniel era ormai di fronte a lui. Spostò le bretelle dalle spalle facendole cadere lungo i fianchi. Alzò una mano per afferrare la giacca di Malcolm.

«Vieni, mio bellissimo straniero, non ti ho cercato per crogiolarmi nella tristezza. Non in una notte come questa. Dobbiamo godere della bellezza della luna e del suo potere.»

Le sue mani si sistemarono sui fianchi di Malcolm.

«Non senti la sua forza farsi strada dentro di te?»

Ciò che Malcolm sentiva di sicuro era il proprio corpo reagire al tocco di Daniel.

«Sì,» mormorò.

«Bene,» rispose Daniel.

Prese Malcolm per mano e lo accompagnò fino al letto dove si misero a sedere insieme. Malcolm si piegò per togliersi velocemente gli scarponi e quando si rialzò, Daniel cominciò a slacciargli i bottoni del panciotto. Mentre le dita del giovane si davano da fare, Malcolm finì di togliersi la cravatta, già allentata dopo una serata passata alla taverna.

Daniel gli tolse rapidamente il panciotto e gli fece scorrere le mani lungo le braccia sfiorando i muscoli solidi sotto la stoffa, poi gli afferrò la camicia per liberarla dai pantaloni e la sollevò. Mise le mani sotto la stoffa e accarezzò con le dita le linee e le curve del torace di Malcolm facendolo inspirare di colpo. Quel tocco sembrava fuoco contro la sua pelle.

Malcolm allungò le mani e appoggiò le proprie labbra contro quelle di Daniel. Le loro lingue presero a danzare insieme e Daniel cominciò a gemere piano. Malcolm lo lasciò andare e, sorridendo, gli morse il labbro inferiore.

«Non hai affatto paura,» osservò Daniel ricambiando il sorriso.

«Paura di cosa?»

«Di me. Molti uomini hanno paura quando vengono qui di notte.»

«Ti garantisco che io non ho affatto paura di cose del genere. Ho passato molte notti con degli uomini. Pochi, tuttavia, erano meravigliosi quanto te.»

Accarezzò la guancia di Daniel con un dito facendolo sorridere.

«Non mi vergogno affatto della maniera in cui conduco i miei affari,» continuò Malcolm. «Sono ben consapevole, però, della discrezione che richiedono certe cose. E del pericolo che comportano. Ma la paura? È solo uno spreco di tempo.»

Daniel cominciò a sollevare la camicia di Malcolm sopra la sua testa.

«La tua esistenza dev'essere stata molto privilegiata per non esserti mai preoccupato di cose del genere,» osservò. «La maggior parte delle persone non ha posizione sociale o ricchezza sufficienti a proteggersi.»

«Forse è così. Ammetto di avere più influenza della maggior parte della gente. Ma resta pur sempre pericoloso. Nessun uomo è completamente immune dalla legge, né da una folla inferocita.»

«Sembri quasi orgoglioso.»

Malcolm strinse il giovane fra le braccia e lo attrasse verso di sé.

«Perché non dovrei esserlo? Anche se dovessero condannarmi al rogo, non potrebbero mai portarmi via l'anima. Quei piccoli sortilegi che traggono dalle carte della loro cosiddetta religione non contano nulla. E se non potranno mai rubarmi l'anima, allora nient'altro ha alcuna importanza. Resterò sempre padrone di me stesso.»

L'espressione di Daniel ebbe un attimo d'esitazione che Malcolm non riuscì a decifrare. Ma l'ombra svanì non appena il giovane si fece avanti per baciare di nuovo Malcolm, con un bacio più dolce di quanto egli avesse mai fatto esperienza.

«Sono belle parole,» disse Daniel. «Ma potrebbero cambiare se dovessi sentire le fiamme accarezzarti le caviglie.»

«Le parole contano molto meno delle convinzioni. E le due cose, nel bene e nel male, sono allineate soltanto di rado. E,» aggiunse Malcolm con un sorriso malizioso, «se ferirò di *spada*, allora morirò di spada. Se fossi destinato a perire, allora quella sarebbe la maniera preferibile.»

Daniel scosse la testa divertito. Si mise in ginocchio e cominciò a disfare i lacci della patta di Malcolm.

«Spero che tu sia più abile con la spada che con le parole.»

«Era una battuta così terribile?»

«Sì, tremenda.»

Abbassò i pantaloni e la biancheria di Malcolm fin sotto le ginocchia e si avvicinò per prenderne il membro fra le labbra. A quella deliziosa sensazione Malcolm inarcò la schiena spingendosi sui gomiti e si lasciò andare a un profondo gemito. Abbassò gli occhi per osservare l'uomo e la sua meravigliosa bocca e, dietro di lui, la luce del caminetto parve riempire la stanza come fosse giorno. Girò la testa e ricadde sul letto. Il suo sguardo colse della stoffa cremisi sistemata lì vicino. Si chiese per un attimo quanto fosse difficile ottenere una sfumatura di rosso tanto vivida. La luce del fuoco si riversava sulla lana morbida e sembrava brillare o ondeggiare nel buio come le fiamme dell'inferno. Ogni pensiero, però, venne presto cancellato dall'ondata di piacere che Daniel gli stava regalando. Malcolm chiuse gli occhi e si abbandonò a essa.

Dopo, si distesero insieme sul letto, con un cuscino condiviso e la coperta avvolta intorno alle gambe. Malcolm aveva appoggiato la testa sul petto di Daniel e giocherellava con il ciondolo che il giovane portava al collo. Era una fascia d'argento, semplice tranne che per un'incisione al centro che sembrava rappresentare un albero di sorbo. Daniel la portava al collo appesa a un filo di stoffa.

«Cos'è questo anello» gli chiese Malcolm girando il ciondolo fra le dita.

«È una storia troppo lunga da raccontare,» rispose Daniel stringendo la propria mano su quella di Malcolm per fermarla.

Malcolm si girò verso il caminetto; le fiamme bruciavano ancora alte, e il suo calore raggiungeva l'altro lato della stanza.

«Non ho mai visto un fuoco bruciare con tale vivacità,» mormorò.

Daniel gli accarezzò i capelli rispondendo con un verso che si trasformò presto in una dolce canzone.

*Ah! Vidi un dì un ragazzo che avevo amato,*
*Sorridente, se ne stava lungo il sentier,*
*Di quella vista, pensai, non mi sarei mai adornato...*

«Quella canzone,» lo interruppe Malcolm. «La conosco bene. La mia balia la cantava sempre quand'ero piccolo, e a un certo punto cambiava un verso e diceva "mio dolce Malky".»

«Malky?»

«Sì, era il nomignolo che usava per chiamarmi. Malky, il mio dolce Malky.» Sorrise ripensando alla tenera voce della balia che canticchiava per lui piccole rime e frasi scherzose.

«Però è una canzone un po' triste da cantare a un bambino, no? Il giovane della canzone alla fine muore.»

«Be', dopotutto la mia balia era irlandese.» Malcolm fece una piccola alzata di spalle. «Diceva di aver portato la canzone con sé dalla sua isola. Mi sorprende che tu la conosca.»

«Queste vecchie canzoni popolari viaggiano per grandi distanze. Ormai dev'essere vecchia di qualche secolo e sarà stata riscritta centinaia di volte.»

«Sì, probabilmente è così.»

«Volevi molto bene alla tua balia?»

«Sì, moltissimo. Immagino sia una storia trita e ritrita. Il bambino che perde la propria madre e cerca nella balia l'affetto che gli manca.»

Malcolm si fermò un attimo.

«In un certo senso, credo sia stato più semplice per la mia famiglia. Non parlavano mai delle umili origini di mia madre e i miei nonni hanno finito per inventare una storia tutta diversa per lei che la sua morte ha trasformato in verità. Mi hanno insegnato a non parlare mai di lei con nessuno e, ben presto, ho cominciato ad avere l'impressione di aver dimenticato chi fosse davvero. Era diventata simile alla donna di un mito, remota e misteriosa, potente e bella, ma presente solo nei sogni, non nel mondo reale. Persino adesso, penso a lei solo quando sono da solo con i miei pensieri.»

«Hai conosciuto anche tu molto dolore.»

«Davvero? Suppongo di sì. Ma non è che la vita. E dobbiamo farci strada attraverso le sue difficoltà.» Alzò la mano per far scorrere le dita lungo la guancia di Daniel. «Non riesco a immaginare come tu sia riuscito a sopportare tutte le sofferenze che hai affrontato.»

Daniel gli baciò la punta delle dita.

«Ho scoperto che più si vive, più diventa facile dimenticarle.»

«Davvero? Io trovo che sia vero il contrario. La sofferenza non ha più lo stesso impatto delle pugnalate di dolore ricevute anni prima, ma i ricordi restano e a volte arrivano nei momenti più inaspettati per confonderti.»

Rimasero in silenzio per un attimo.

«Non ho mai parlato con nessuno dei miei sentimenti verso mia madre o della mia famiglia,» disse Malcolm. «Ma con te, devo ammetterlo, mi è parsa quasi una confessione, come se stessi chiedendo assoluzione per la mia vita.»

«Forse è soltanto l'alcol,» osservò Daniel spostandosi per baciarlo sul collo. «O il calore del fuoco.»

Malcolm si spinse contro il suo corpo muscoloso e allungò il collo esponendolo nella sua interezza.

«O forse è il calore del tuo corpo contro il mio,» disse con voce roca.

«Sì, forse si tratta di quello,» rispose Daniel.

Diede dei piccoli baci sul collo di Malcolm e poi ne tracciò il percorso con la punta delle dita.

«Che pelle liscia e bellissima,» sussurrò mentre i suoi tocchi si spostavano dal collo per raggiungere il torace. «Così morbida e perfetta.»

Malcolm rispose con un piccolo verso, gli occhi chiusi e un sorriso sulle labbra.

«Dormi, mio dolce Malky,» disse Daniel. «Ti sei stancato molto questa notte. Riposa adesso.»

# Capitolo 3

Malcolm si svegliò nell'udire un suono metallico. Battendo le palpebre, vide Daniel in piedi a metà strada fra il caminetto e il letto, il corpo nudo e tremante, profilato dalle fiamme. Sul suo volto era dipinta un'espressione di pura angoscia.

«Daniel?» Malcolm tentò di placare una crescente sensazione di paura. «È successo qualcosa?»

Daniel chiuse per un attimo gli occhi e voltò la testa spostandosi poi verso il tavolo più vicino. Si accasciò sulla sedia e le fiamme gli illuminarono metà del corpo. Appoggiò un gomito sul tavolo coprendosi gli occhi e lasciò cadere l'altro braccio lungo il fianco.

Malcolm si mise a sedere. Nel farlo, un raggio di luce colse il suo sguardo e voltandosi in quella direzione notò un coltello appoggiato per terra accanto al caminetto. La lama era sottile e ricurva, il bordo risplendente, simile a quello di un rasoio affilato da poco. Il suono che lo aveva svegliato doveva essere stato il coltello che cadeva per terra. Che cosa aveva spinto Daniel a prenderlo?

L'istinto gli disse di allontanarsi da lì il più rapidamente possibile, sebbene faticasse a comprendere quell'improvviso cambiamento d'atmosfera. Aveva avuto parecchi incontri in cui all'amore era seguita una violenza causata dalla vergogna che quegli uomini avevano provato verso i loro stessi desideri. Aveva tollerato ingiurie e urla, persino delle scazzottate, ma la maniera in cui Daniel lo fissava gli diceva che si trattava di qualcosa di diverso, di fragile e infranto, e più spaventoso del solito. Alzandosi, s'infilò in fretta i pantaloni e afferrò subito il resto dei vestiti.

Daniel rimase invece seduto, con le braccia strette intorno allo stomaco, piegato su se stesso come se stesse patendo qualche dolore. Il suo volto, tuttavia, per quanto riusciva a vedere Malcolm, era placido, di una calma profonda. Era una visione allarmante che lo commosse. Andando contro il proprio giudizio, Malcolm gli appoggiò una mano sulla spalla. Il giovane alzò la testa, il viso teso e segnato dalla costernazione. Sembrava invecchiato di molti anni, sopraffatto da strazianti emozioni.

«Faresti meglio ad andartene.»

Malcolm venne colto di sorpresa. «In questo stesso istante?»

«Sì, vai via. Adesso.»

«Ti ho forse offeso in qualche modo, Daniel?»

«No, non si tratta di quello.» Serrò i denti. «Non posso farti promesse.»

«E io non te ne ho chieste.»

«Non capisci. All'alba...» Daniel esitò. Si raddrizzò sulla sedia e aprì le braccia. Un respiro affannoso gli scappò dalle labbra. «Mio nonno tornerà all'alba.»

«Non vuoi che lui mi trovi qui?»

«Non può.»

«Lo capisco, credimi. Ho avuto incontri con tanti genitori furiosi, e persino con delle mogli.» Malcolm conosceva benissimo i rischi corsi da uomini come loro. «Mancano ancora varie ore all'alba. Di certo, non può essere una cosa tanto urgente.»

Daniel scosse la testa con una smorfia.

«No, adesso è il momento migliore. Devi andare via. Mio nonno... non posso garantire... non sono sicuro di cosa farebbe. Può essere... aggressivo.»

«Sono sicuro che un uomo anziano non può essere...»

«Violento. A volte è violento. Specialmente all'alba.»

«Dov'è andato? A bere da qualche parte? Che cosa lo tiene lontano durante la notte?»

«No, non si tratta del bere.» A quelle parole, Daniel si voltò con una strana espressione sul volto. «La luna.»

«La luna?» Malcolm, confuso, indossò la camicia. «Che c'entra la luna?»

«Succedono cose strane con una luna del genere,» disse Daniel con una voce monocorde come uno specchio d'acqua immobile. «Cose strane e potenti. La luna ha potere.»

Malcolm gli s'inginocchiò accanto. Daniel si girò dall'altra parte per fissare il fuoco. Malcolm gli fece scorrere le dita fra i capelli sulla tempia.

«No,» obiettò Daniel con un mormorio, ma senza fare nulla per fermare le carezze di Malcolm.

«Il genere di cose di cui mi hai parlato al lago?»

«Sì.»

Malcolm scrutò il volto del bellissimo giovane con cui era appena giaciuto. Daniel serrò gli occhi mentre Malcolm continuava ad accarezzargli i capelli.

«Qualcosa di magico?» chiese Malcolm.

Gli occhi di Daniel si aprirono di colpo e fissarono Malcolm con uno sguardo duro e agitato.

«Devi andare via. Ti supplico.» Si portò un pugno chiuso contro le labbra, nascondendo la bocca. «Ti prego.»

«Ti prometto che non ti darò alcun motivo per entrare in contrasto con tuo nonno.»

Malcolm era esausto e il buon senso gli diceva che quel giovane era chiaramente turbato; c'era qualcosa, tuttavia, che lo spingeva a restare. Avrebbe voluto stringere Daniel tra le braccia, per allontanare qualsiasi cosa stesse causando quel panico selvaggio e penetrante. Avrebbe voluto proteggerlo, salvarlo.

Daniel appoggiò la mano sotto il mento di Malcolm. La sua espressione era assente, gli occhi simili a due perle di pietra focaia levigata, nere e scintillanti. Aveva cominciato a girare la testa di Malcolm da un lato all'altro, studiandone il volto.

«Sei così giovane,» sussurrò.

Una sensazione di gelo invase d'improvviso lo stomaco di Malcolm.

«Sono più vecchio di te, non sono certo giovane,» balbettò.

«Non capisci,» rispose Daniel, con voce neutra e roca. Improvvisamente, afferrò Malcolm per il collo. «Non capisci nulla.»

Non aveva gridato, ma la sua voce aveva preso un'intensità tale da somigliare a un grido.

Strinse la presa attorno al collo di Malcolm.

«D-d-Daniel,» balbettò lui in segno di protesta.

Ma Daniel sembrava non averlo sentito. Il suo volto era simile a una maschera, gli occhi scuri, le orbite intorno scavate e in ombra. Le guance sembravano infossate, le narici dilatate. La sua presa era come una morsa, e si alzò in piedi tirando Malcolm per il collo. Una volta in piedi, cominciò a spingerlo facendolo indietreggiare, e Malcolm inciampò nei suoi stessi piedi. Daniel, però, continuava a tenerlo per la gola, con il braccio dritto e teso, e seguitava a spingerlo sempre più indietro.

La pelle del viso di Daniel sembrava tesa contro le ossa, gli occhi erano diventati due pozzi di pura oscurità. Le labbra gli si aprirono in un orrendo sorriso e quando riprese a parlare la sua voce sembrava amplificata, come se stesse parlando più di una persona, e tutte le parole fossero confluite in un unico ruggito.

«TU. DEVI. ANDARTENE.»

La vista di Malcolm si offuscò e riuscì a riempire d'aria i polmoni solo a fatica.

«VAI VIA.» La voce di Daniel risuonò ancora una volta.

Malcolm andò a sbattere contro il muro con un forte rumore. La presa sul suo collo si allentò e lui cadde a terra ansimando e strofinandosi la gola.

Daniel fece un passo indietro e cadde in ginocchio accasciandosi.

«Perdonami,» gridò con voce disperata. «Mi dispiace tanto, mi dispiace, mi dispiace.»

Cominciò a piangere.

Malcolm sentì girare la testa, come se fosse drogato. Malgrado ciò che restava del suo buon senso gli dicesse di scappare, di fuggire da quell'uomo che solo pochi secondi prima lo aveva privato del respiro, si mosse verso di lui. Il suono del pianto aveva smosso qualcosa al suo interno e mise un braccio intorno a Daniel, attirandolo verso di sé. Gli affondò il viso tra i capelli.

«Mi dispiace tanto.» I singhiozzi di Daniel cominciarono ad attenuarsi. «Devi andare via. Per favore, ti supplico.»

Malcolm annuì, sapendo che qualsiasi conforto sarebbe stato impossibile. Si rimise in piedi, recuperò gli stivali e li indossò rapidamente.

Una volta giunto alla porta, si voltò.

Daniel era ancora accasciato sul pavimento, nudo e rannicchiato su se stesso. Si era portato le ginocchia contro il petto e vi aveva sepolto il viso. La luce che attraverso la finestra filtrava dall'esterno lo colpiva rendendo la sua pelle di un azzurro cupo e pallido.

Si trattava di una visione dolorosa e fragile che fece venire voglia a Malcolm di prendere in braccio Daniel, di cullarlo, di tenerlo stretto e confortarlo con dei baci. La sua mente era piena di caos e rumore. Dolore, paura, confusione, rabbia: tutto sembrava mischiarsi in una cacofonia assordante. Chiuse gli occhi, sospirando profondamente, e scosse la testa. Spinse la porta e venne subito avvolto dal freddo della mezzanotte. Accolse il tocco corroborante dell'aria e uscì. Lasciandosi trasportare rapidamente dai piedi, si impose di non voltarsi a guardare il cottage solitario poiché temeva che avrebbe potuto ripensarci.

Rientrato nella camera sopra la taverna, Malcolm versò dell'acqua gelida nel catino e si sciacquò il volto. Si svestì e s'infilò nel letto, grato nello scoprire che la borsa dell'acqua calda non si era ancora raffreddata. Si tirò le coperte fino al mento e, per la prima volta da quando aveva lasciato la taverna quella sera, si sentì stranamente lucido. Attraversando la foresta buia per tornare in camera, era stato tormentato dalla sensazione di aver dimenticato o abbandonato qualcosa. Persino mentre cercava di dare un senso a ciò che era accaduto nel cottage del tessitore, le immagini della penetrante espressione di Daniel, le fiamme, e il coltello abbandonato per terra avevano cominciato a dissiparsi. Ciò che ricordava con la più vivida chiarezza erano due immagini in competizione fra loro: il volto di Daniel che lo sovrastava nel letto, con i capelli illuminati dal fuoco, e la maniera in cui si era accasciato disperato sul pavimento, triste e solo, e circondato dalle ombre della notte.

Quando si abbandonò finalmente al sonno, Malcolm sperò che una volta fatto giorno, tutto avrebbe avuto senso.

# Capitolo 4

La colazione consisteva in una fetta di prosciutto fritto, un po' di frutta cotta e un pezzo di pane fritto. Malcolm la divorò, più famelico di quanto non si fosse sentito da tempo, e mangiò assaporando a malapena il cibo. Ordinò un secondo piatto e venne ricompensato da una fetta di pane in più; la signora Beamon, la padrona della taverna, si era sentita lusingata da quello che considerava un complimento verso la sua cucina. Malcolm stava per affrontare il nuovo piatto di cibo quando la porta della taverna si aprì e un trio di uomini dall'aspetto rozzo entrò nel locale chiedendo a gran voce della birra.

«Sapete bene che prima del tramonto servo soltanto birre piccole,» li ammonì la signora Beamon. E gli uomini, sebbene brontolando, accettarono ciò che gli veniva offerto.

Malcolm non li riconobbe dalla sera precedente e gli sembrarono comunque tipi da evitare, specie a giudicare dagli sguardi feroci che avevano cominciato a lanciargli mentre si sistemavano intorno a un tavolo vicino.

Cercò di ignorare la loro presenza e sorseggiò la sua birra piccola, pensando alla giornata che lo attendeva. Se fosse partito prima di mezzogiorno, sarebbe riuscito a tornare a casa prima del tramonto, trovando anche il tempo di fare una piccola deviazione verso la casa del tessitore. Non voleva disturbare Daniel, ma non riusciva a scrollarsi di dosso la disperazione nata da quegli ultimi momenti passati nel cottage. Nonostante gli avvertimenti su quel nonno feroce che ormai doveva essere tornato a casa, Malcolm aveva bisogno di sapere che Daniel stava bene, e che la notte non lo aveva annientato. Un bel fiocco di stoffa cremisi, poi, sarebbe stato un regalo perfetto per sua sorella, e quell'acquisto sarebbe stato la scusa ideale per giustificare una visita.

Un rumore alla porta interruppe il flusso dei suoi pensieri. Alzò lo sguardo e vide entrare una giovane donna con un cesto al braccio. Uno degli uomini che aveva fissato Malcolm si alzò in piedi, portandosi il cappello contro il petto.

«Che Dio mi sia testimone, Alse Staughton,» dichiarò l'uomo muovendo le sopracciglia verso la giovane donna, «sei un diamante di assoluta purezza.»

«E tu, Elias Rawthorn,» rispose lei con una smorfia di disgusto, «sei un vecchio caprone bavoso. Stai zitto adesso.»

I compari di Elias scoppiarono a ridere e lui si accasciò sulla sedia, fingendosi offeso. Quando si appoggiò allo schienale, girò la testa in direzione di Malcolm e sogghignò sollevando il labbro fino a esporre due denti anneriti. Malcolm s'irrigidì e si chinò in avanti sul tavolo, ricambiando quell'espressione minacciosa.

«Oh, sarà davvero magnifico,» esclamò la signora Beamon, distraendo entrambi gli uomini.

Alse sorrise e annuì. Tra le braccia teneva una stoffa piegata, di colore verde pallido e con una superficie che riluceva come seta. Con fare grandioso, si lasciò cadere davanti una piega della stoffa per appoggiarla al corpo. La signora Beamon fece un sorriso di apprezzamento e passò il dorso della mano su quella morbida superficie.

«Credo che sarà perfetta per la sua carnagione e i suoi capelli,» disse Alse. «Non vedo l'ora di iniziare a prepararlo.»

«Quella dove l'hai presa, sciocca?» chiese Elias.

Alse fece una smorfia verso la signora Beamon e sgranò gli occhi.

«Sai benissimo dove l'ho presa,» rispose lei senza neanche degnare Elias di uno sguardo.

«Ti pentirai amaramente di esserti divertita con quel pagano, Alse Staughton. Dovresti stare attenta prima di finire marchiata anche tu.»

«Mi pentirò di molte cose nella mia vita, ne sono certa,» rispose Alse. «Soprattutto di aver ascoltato i discorsi di stolti dalla testa vuota come quelli che vedo davanti a me. Ma non mi pentirò mai di aver fatto affari con il vecchio tessitore.»

«È un peccatore!» urlò Elias.

Alse si mise una mano sul fianco e incenerì l'uomo con lo sguardo.

«E tu allora? Impegnato a bere a ogni ora del giorno? Non scagliare la prima pietra, Elias Rawthorn.»

«Non rimproverarmi, stolta. Sono abbastanza vecchio per essere tuo padre. E dovresti essere grata che qualcuno si preoccupi della tua anima.»

«Piuttosto dovrei essere grata che ci sia tra noi un tale artigiano. È il più vicino nel raggio di un giorno di viaggio, ed è disposto a fare affari per molto meno di quanto valga il suo lavoro. E poi, vecchio sciocco, tesse le stoffe più belle. Ha il tocco di un vero artista.»

«Ha il tocco di Lucifero, vorrai dire,» ribatté Elias. «Avrebbero dovuto fargli baciare la corda del boia già da molto tempo.»

«Lasciatelo in pace,» intervenne la signora Beamon. «Il vecchio non fa alcun male. In quel cottage ci sono solo lui e il suo telaio, e non incontra mai nessuno.»

«E suo nipote allora?» Malcolm si sorprese d'aver parlato, ma il pensiero di discutere proprio dell'uomo che aveva consumato i suoi pensieri per tutta la mattina era impossibile da resistere.

Elias Rawthorn s'alzò di scatto dalla sedia e si girò verso Malcolm. La signora Beamon scambiò uno sguardo preoccupato con Alse.

«Che ne sai di suo nipote?» chiese Elias in modo ruvido e minaccioso.

Malcolm si pentì d'aver parlato, ma sapeva che era meglio non farsi intimorire da uomini come quello.

«Soltanto che l'ho incontrato ieri sera.»

«Incontrato?» Elias parve esplodere. Si diresse rapidamente verso il tavolo di Malcolm e sbatté i pugni sulla superficie. «E dove avresti incontrato quella creatura?»

Malcolm bevve con calma un sorso di birra prima di rispondere.

«Qui», rispose con tono gelido, alzando lo sguardo verso Elias. «Proprio fuori da questa taverna.»

La signora Beamon sussultò.

Elias si sporse più in avanti, e il fetore del suo alito colpì Malcolm dritto in faccia.

«E hai seguito quell'uomo fino al suo cottage?» domandò con un ghigno.

Malcolm si mise improvvisamente all'erta. Qualcuno lo aveva forse visto uscire con Daniel? Chi poteva sapere dov'erano andati? Si sforzò di non far trasparire i suoi dubbi. Si alzò in piedi, spingendo bruscamente il tavolo in avanti e facendo indietreggiare Elias, che finì quasi per perdere l'equilibrio.

«Bada a come parli,» ruggì Malcolm. Aprì il soprabito e portò la mano alla pistola.

La signora Beamon si precipitò verso di lui.

«Basta così!» gridò. Si rivolse a Malcolm. «Elias parla sempre a vanvera, questo è certo, e io mi scuso per le sue parole rozze e sgarbate, ma la vostra storia è sconcertante.»

«Scambiare dei convenevoli con uno sconosciuto è forse un racconto sconcertante?» chiese Malcolm. «Mia signora, mi lasciate interdetto.»

«Non con uno sconosciuto, mio signore,» rispose la signora Beamon, che continuava a guardarlo con aria circospetta. «Con uno stregone.»

«Uno stregone?» esclamò Malcolm. «Che razza di storie raccontate?»

«Il nipote di cui parli,» sibilò Elias, «è il vecchio in persona.»

Malcolm fissò Elias mentre una sensazione di freddo gli attanagliava le viscere.

«È ridicolo,» riuscì a dire.

«Lo si vede solo durante la luna del raccolto,» disse la signora Beamon. «Si racconta che in quella notte il vecchio tessitore, prenda le sembianze di un bel giovane e si aggiri per i boschi.»

«Alla ricerca di nuovi sacrifici,» aggiunse Elias.

Il coltello abbandonato accanto al fuoco. E ciononostante Malcolm era fuggito, anzi, era stato costretto ad andarsene da Daniel. Ma quello non significava nulla. Malcolm rimase muto a scrutare i volti che lo fissavano.

«Be', io credo che stiate tutti raccontando delle sciocchezze.» La voce brillante di Alse spezzò il silenzio. Malcolm fu grato di quell'intervento; nella sua mente regnava la confusione. «Non ho mai visto nulla di così bello in tutta la mia vita. E il vecchio tessitore è sempre stato gentile con me. Tutte queste parole cattive non sono altro che assurdità.»

«Non sono assurdità, ragazzina,» gracchiò una voce proveniente dall'angolo della stanza.

Tutti si voltarono a guardare la vecchia. Aveva un'aria antica, con la pelle rugosa e scura come le pareti della taverna. Teneva le palpebre basse e Malcolm l'avrebbe creduta assopita se non avesse parlato. Con mani nodose, stringeva la testa di un grosso bastone da passeggio, lucidato fino a farlo brillare.

«Che il vecchio tessitore abbia firmato un patto con il diavolo è sicuro così com'è sicuro che l'acqua scorra nel fiume. Io ne sono certa,» dichiarò.

«Come fai a esserne così sicura?» chiese Alse.

«Il vecchio è apparso nel nostro villaggio quando mia madre non era che una giovincella e io una neonata attaccata al suo fianco. Eppure, ha vissuto qui per tutta la mia vita e non ho sentito dire a nessuno d'averlo mai visto giovane. Raccontò che veniva da qualche parte nell'Anglia orientale, dove aveva lavorato come tessitore, proprio come suo padre e suo nonno prima di lui. Ma mia madre e coloro che vivevano qui vennero a sapere che molti tessitori erano stati cacciati via da quella zona dal Grande Inquisitore in persona, e che erano stati costretti a vagabondare per tutta la campagna in cerca di un rifugio e di una nuova casa.»

«Vi riferite forse all'Inquisitore delle Streghe Matthew Hopkins?» chiese Malcolm, incredulo.

«Proprio così, giovanotto. Molti fra i fuggiaschi vennero catturati lungo la strada e uccisi per aver commesso atti di stregoneria, ma alcuni riuscirono a fuggire. E continuarono nella ricerca, viaggiando da soli, e trovando villaggi a cui attaccarsi per svuotarli della vita e della fede.»

«Questo racconto mi sembra al di là d'ogni immaginazione, mia signora,» disse Malcolm. «Il Grande Inquisitore è morto da quasi duecento anni.»

L'anziana donna scosse bruscamente la testa.

«Qualcuno di voi ricorda forse un periodo in cui il vecchio tessitore non ha vissuto in questo villaggio?»

chiese la donna guardandosi intorno alla taverna. «No, non lo ricordate. E vi ricordate forse di lui quando non era vecchio e grigio? No, non ricordate neanche quello.»

«Ma com'è possibile?» domandò Malcolm.

«Perché è uno stregone,» rispose lei muovendo il bastone in modo che colpisse il pavimento di legno come il martelletto di un giudice. «Ci sono viandanti che visitano il nostro villaggio. Vengono nella notte della luna del raccolto, all'ombra di Mabon, e si fermano qui per trovare riposo o sollievo.» Agitò la mano, allargando le dita. «E poi scompaiono come la rugiada del mattino dall'erba. Spariscono nel nulla. E lasciano dietro di sé tutto ciò che portavano: monete, vestiti, cavalli, carrozze. Tutto ciò di cui un uomo ha bisogno. Viene tutto abbandonato.»

Volse gli occhi cisposi su Malcolm.

«E l'ultima volta vengono tutti visti in compagnia di un giovane dai capelli color di fiamma.»

Malcolm si bloccò, come se il suo corpo fosse improvvisamente fatto di pietra. Avrebbe voluto ammonire la vecchia, dirle che era una bugiarda piena di superstizioni. Avrebbe voluto scoppiare a ridere in faccia a tutti loro. Eppure, non riusciva a scrollarsi di dosso la strana sensazione che lo aveva colto: quella di essere riuscito in qualche modo a sfuggire proprio al destino di cui parlava la donna.

Dall'altra parte della stanza, Alse ridacchiò.

«Fai silenzio, sciocca,» ringhiò Elias. «Che ne sai tu del mondo?»

Alse serrò le labbra e sembrò essere sul punto di sputare.

«Io ho un abito da sposa da cucire,» dichiarò. «So questo, se non altro. Voi potete anche continuare a sguazzare nel pantano delle vostre superstizioni, ma io preferisco vedere come va la vita. Vi lamentate di omicidi e maledizioni, ma io ho un amore di cui occuparmi.»

Raccolse il cesto e si diresse verso la porta.

«Devo congedarmi anch'io,» disse Malcolm, scuotendosi dal suo blocco mentale. «Mi avete dato molto a cui pensare durante il viaggio, ma devo rientrare a casa prima che faccia buio. Il cavallo è pronto a partire e la mia famiglia mi aspetta. Signora Beamon, vorrei saldare il conto, per favore.»

Lo fece sentendosi osservato da tutti. La signora Beamon gli porse il resto, Malcolm la ringraziò per l'ospitalità e fece per andarsene. Mentre si avvicinava alla porta, sentì una mano afferrargli il braccio. Era Elias, improvvisamente accanto a lui.

«Forse sei tu,» disse Elias, con voce tetra.

«Cosa?»

«Forse sei tu quello mandato a liberarci dalla maledizione,» azzardò Elias. «Colui che è stato mandato per distruggerlo una volta per tutte.»

Malcolm indietreggiò di fronte all'implorazione nello sguardo dell'uomo. Liberò il braccio dalla presa.

«Buona giornata, signore.»

Una volta a cavallo di Grannus, sebbene la sua mente fosse un groviglio di pensieri e sentimenti, non ci fu più alcuna incertezza. Con la scusa di un acquisto o meno, doveva assolutamente visitare l'abitazione del tessitore. Doveva vedere di persona se lì c'era solo il vecchio o se era rimasto anche Daniel. Il buon senso gli diceva che, naturalmente, al cottage avrebbe trovato entrambi. Era chiaro che quelle persone erano completamente arroccate nelle loro superstizioni e credenze antiquate, e che soltanto Alse sembrava avere un briciolo di razionalità. Le loro affermazioni erano talmente inverosimili che Malcolm si chiese se forse la superstizione non avesse offuscato la loro sanità mentale, se forse quella gente era stata troppo lontana da tutto e per troppo tempo, al punto che anche l'apparizione di un estraneo riuscisse a provocare uno strano pandemonio di emozioni. Non c'era da stupirsi che i viaggiatori non fossero mai più stati sentiti o visti; Malcolm immaginò che con tutta probabilità erano fuggiti da quello strano villaggio il più velocemente possibile. Se Elias e i suoi compari ne fossero stati un'indicazione, qualsiasi straniero allora avrebbe potuto temere d'essere brutalizzato o attaccato in un posto del genere.

Eppure, per quanto desiderasse respingere le loro favole e speculazioni, Malcolm non riusciva a liberarsi della sensazione provata nel vedere Daniel così sconvolto la sera precedente. Lo aveva visto dilaniato da una battaglia d'emozioni a cui non aveva mai assistito prima: il suo modo di fare, il suo corpo, la sua voce, l'intera esperienza era parsa quasi ultraterrena. Non poteva negare che quell'uomo era sembrato posseduto, da un dolore, certo, ma anche da qualcosa di molto più profondo. Qualcosa che gli lacerava l'anima. La notte precedente, in quel cottage, era stata presa una decisione che, se si fosse dovuto credere agli abitanti del villaggio, aveva forse risparmiato la vita di Malcolm. Ma perché? E a quale scopo? Sapeva bene quanto lo avesse commosso il tempo trascorso con Daniel, come avesse provato per qualche ora un raro conforto. Quando era giaciuto con lui, quando l'aveva cullato tra le braccia, non aveva provato alcuna preoccupazione, nessun dolore per sofferenze passate, né allarme per i doveri futuri. Era riuscito a parlare liberamente della sua infanzia, della sua amata madre, di tutte le cose che avevano formato l'uomo che era diventato, e non aveva registrato nessuna offesa, nessun giudizio. Si era sentito, forse per la prima volta da quando riusciva a ricordare, completamente e totalmente libero, svincolato dalle aspettative del mondo.

# Capitolo 5

Vide gli alberi ricurvi che annunciavano l'ingresso alla piccola insenatura presso il lago dove si trovava il cottage del tessitore. Fece procedere Grannus a un trotto lento e si avvicinò, esitante ma determinato. Sebbene alcuni alberi gli ostacolassero la vista, riuscì a vedere l'abitazione e la figura che era all'esterno. Si trattava di un uomo anziano con un bastone da passeggio. Era ricurvo per l'età e si muoveva con cautela lungo il sentiero fuori dal casolare. I suoi piedi strisciavano sul terreno; gli abiti, malgrado non fossero di nuova foggia, erano ordinati, puliti e ben fatti, e ciononostante pendevano dalla sua struttura esile e nodosa, quasi informe nella sua mancanza di sostanza. Malcolm non riusciva a distinguere chiaramente il suo volto, ma anche da lontano notò le numerose rughe dovute agli anni e la pelle sottile e spenta che gli pendeva sul viso e sul collo. Appariva ancora più sciupato e consunto della vecchia della taverna.

Malcolm osservò l'uomo fermarsi per raccogliere un fiore o un'erbaccia da terra abbassandosi delicatamente e lentamente. Immaginò di sentire lo scricchiolio delle sue articolazioni anche da così distante. Era quello il vecchio tessitore da cui lo avevano ammonito? L'uomo che, durante l'inondazione di luce di una luna del raccolto, si era magicamente trasformato nel giovane dalla schiena dritta, forte e bello che aveva conosciuto come Daniel? Malcolm era talmente sopraffatto dallo choc e dalla sorpresa che avrebbe voluto scoppiare a ridere. Di certo, si disse, aveva permesso che la sua mente corresse come un animale selvaggio, sbranando il buon senso e ogni pensiero sano e assennato. Come poteva quell'uomo fragile e decrepito costituire una minaccia, detenere un qualsiasi tipo di potere o dominio sulle forze della natura? Si sentì sciocco per essersi lasciato influenzare da quelle storie di fantasmi alimentate dalla birra. Doveva sicuramente esserci qualche altro motivo per cui Daniel lo aveva allontanato la notte precedente. Non poteva certo essere per la paura di quel pover'uomo. Malcolm si decise che avrebbe parlato di persona con Daniel per ottenere una risposta.

Schioccò la lingua e spinse Grannus ad avvicinarsi al cottage. Il vecchio, sentendoli sopraggiungere, si girò verso cavaliere e cavallo e li esaminò. Senza preavviso, Grannus si fermò al centro della radura; era un cavallo forte, dai nervi saldi, che non si spaventava facilmente. La sua reazione, dunque, sorprese Malcolm, che mormorò un incoraggiamento al suo destriero, senza riuscire, però, a convincerlo a proseguire. Malcolm gli accarezzò il collo e smontò.

«Perdonatemi, signore,» esclamò, dopo aver legato rapidamente Grannus a un palo di fortuna nelle vicinanze.

Il vecchio si voltò dall'altra parte e non rispose.

«Non intendo disturbare», continuò Malcolm. «Ma potrei avere un'informazione?»

Il vecchio non si voltò, ma alzò la mano libera.

«Al momento non accetto ordini per abiti su misura, signore.»

Aveva una voce gutturale e resa rauca dall'età, ma c'era in essa qualcosa di familiare.

«Speravo di poter acquistare dei vostri lavori in stoffa. Li ho visti al villaggio e sono davvero ben fatti. Tuttavia, vorrei chiedere anche altro.»

Il vecchio si fermò e sollevò la testa, continuando comunque a non voltarsi.

«Avete visto una mia stoffa in paese?»

«Sì, una giovane donna ne ha portato un esempio nella taverna in cui alloggiavo.»

«Ah, sì, la giovane Alse. E ne era soddisfatta?» chiese il vecchio.

«Sì, molto. Tutti coloro che l'hanno vista si sono complimentati per la sua qualità.»

Il vecchio annuì.

«Meglio così. Quella stoffa è destinata a diventare un abito da sposa.»

«Sì, così ha detto Alse.»

«Ne farà senza dubbio un bel vestito. Ha la magia nelle mani. È una delle poche. Mi fa piacere sentirlo. Gli abiti d'amore meritano attenzione.»

Il vecchio cominciò a dirigersi verso il cottage.

«Signore, vi prego, un'altra domanda.»

Il vecchio continuò lentamente a muoversi.

«Sono venuto qui per Daniel.»

L'uomo si fermò. Usando il bastone come guida, si girò piano verso Malcolm che, vedendo per intero il volto del vecchio, sentì la gola seccarsi.

«Daniel è andato via,» disse brevemente e si girò di nuovo.

Malcolm rimase sbalordito da quella risposta e cercò di restare ragionevole.

«È andato via?» chiese. «E tornerà?»

«No,» disse il vecchio con un gesto della mano. «Mai più.»

«Ma, signore, come mai se n'è andato? Sono passate solo poche ore, il giorno è ancora giovane. Quanto lontano può essere arrivato a partire dall'alba?»

Malcolm fece un passo avanti per seguire il vecchio.

«Non lo troverete più,» dichiarò il vecchio cercando di muoversi più velocemente. «Ora dovete...»

Il vecchio venne interrotto dal suo stesso grido quando, nella fretta, il bastone da passeggio urtò contro un'irregolarità del terreno facendogli perdere l'equilibrio. Malcolm si precipitò ad aiutarlo. Lo prese per un braccio e il vecchio alzò il viso verso di lui. Nella sua espressione c'erano panico e timore, ma anche una paura molto più profonda di quella di una caduta. La mente di Malcolm si riempì di immagini di Daniel, illuminato dalle fiamme del caminetto durante la notte precedente. Rivide il suo volto tirato e agonizzante mentre sollevava gli occhi dalla sedia. Il suo corpo disteso sul pavimento del cottage, prostrato alla luce della luna.

*Forse sei tu quello mandato a liberarci dalla maledizione.*

Il ricordo delle parole di Elias Rawthorn lo colpì come uno schiaffo.

«Vi prego, signore,» disse Malcolm. «Lasciate che vi aiuti.»

Tremando, il vecchio annuì.

«Posso accompagnarvi dentro?» chiese Malcolm.

«No,» replicò bruscamente il vecchio. «No, no, va bene qui.»

Fece un cenno con la mano verso un piccolo sgabello che si trovava appena fuori dall'ingresso del cottage e sul quale Malcolm lo aiutò a sedersi.

«Il mio bastone.»

Malcolm lo recuperò e glielo porse. Il vecchio sistemò il bastone sulle ginocchia e Malcolm notò che le sue mani tremavano ancora.

«Voi siete Weaver, il vecchio tessitore?»

«È così che mi chiamano,» rispose, lanciando un'occhiata sospettosa verso Malcolm. «Che genere di affari avete con me?»

Malcolm si inginocchiò, sentendosi insicuro. Avrebbe osato dare voce ai sospetti che aveva in mente? Avrebbe osato affrontare quell'anima antica per ricevere delle risposte?

«Mio gentile signore, non intendo in alcun modo molestarvi o infastidirvi. In verità, speravo solo di parlare ancora una volta con vostro nipote Daniel prima di partire. Volevo ringraziarlo. Mi ha mostrato grande ospitalità e gentilezza durante il mio soggiorno in questo villaggio.» Si sistemò un polsino. «Anzi, mi ha mostrato più ospitalità di chiunque altro abbia mai incontrato.»

Il vecchio lo studiò.

«E questo è l'unico motivo per cui siete venuto?»

Malcolm alzò gli occhi. «Quale altra ragione potrei mai avere?»

«Malanimo. Sospetto. Distruzione. Sono quelli i visitatori più comuni di questo posto.»

«Signore, nel mio cuore verso questo posto non c'è nulla del genere. E soprattutto non c'è nulla del genere verso Daniel.»

Il vecchio sbarrò per un attimo gli occhi e poi lasciò cadere il mento sul petto.

«Come ho detto, Daniel è andato via.»

«E non sarebbe possibile attendere il suo ritorno?» chiese Malcolm.

«Non tornerà.»

«Ma dovrà pur tornare prima o poi? Forse non oggi, ma un altro giorno, magari quando l'atmosfera sarà più accogliente.»

Il tessitore studiò Malcolm. Mosse la bocca come per dire qualcosa, ma le sue labbra cominciarono a tremare e distolse il viso.

«Ormai ci sono soltanto io qui,» disse dopo un attimo di silenzio. Fissò Malcolm con sguardo tagliente. «Daniel non tornerà mai più. E io vorrei essere lasciato in pace per quel poco tempo che mi resta.»

Ancora una volta a Malcolm parve d'aver ricevuto uno schiaffo in faccia. Si alzò, sentendosi più stanco di quanto pensasse d'essere. Il suo corpo si afflosciò come se avesse ricevuto una ferita o una sconfitta improvvisa.

«Molto bene, signore. Non intendo certo offendervi, ve lo assicuro. Ormai mi sono abituato a essere cacciato via da questo cottage in uno stato di perplessità e confusione. Se insistete, non vi disturberò più. Ma vi imploro un ultimo favore. Se rivedrete Daniel, se mai tornerà qui in futuro, tra un giorno, un mese o persino un anno, se lo vedrete apparire per capriccio o per magia o all'improvviso in una pozza di luce lunare nel mezzo della foresta, vi prego, ditegli che Malcolm Robertson è venuto a cercarlo. Che desideravo ringraziarlo per la gentilezza che mi ha mostrato e volevo solo ripagarlo in qualche modo. E, cosa ancora più importante, ditegli che un giorno spero d'incontrarlo di nuovo, di rivederlo, anche se per poco. Se desiderasse farlo, potrebbe scrivermi a Farrington Hall, e sarò lieto di fargli visita qui o di portarlo a stare con me, se fosse possibile una cosa del genere. Sarei felice d'avere l'opportunità di conoscerlo meglio. Anzi, a dire il vero, non ho mai avuto in vita mia un desiderio più grande che quello di conoscerlo meglio.»

Il vecchio lo guardò, senza dire nulla, e Malcolm ne sostenne lo sguardo. Negli occhi dell'uomo si stavano formando delle lacrime che minacciavano di sgorgare da un momento all'altro. Quegli occhi verdi e profondi come una foresta, con le iridi che si gettavano in un pozzo senza fondo, scintillavano di giovinezza nonostante le rughe che li circondavano. Malcolm doveva sapere la verità, non poteva andarsene senza conoscerla.

«Sei tu, non è vero?» gli chiese.

Gli occhi verdi s'incupirono e il vecchio abbassò la testa.

«Non capisco cosa intendiate dire,» rispose a bassa voce.

«Tu sei Daniel,» dichiarò Malcolm con dolcezza. «Devi essere tu. Ma com'è possibile?»

«Io non sono che il Vecchio Tessitore,» protestò l'uomo debolmente.

«Quegli occhi sono gli stessi in cui ho guardato ieri notte,» disse Malcolm. «Non può essere altrimenti. Tu devi essere Daniel. Ma com'è possibile una cosa del genere?»

«Signore, vi assicuro...»

«È dunque come dicono?» chiese Malcolm, inginocchiandosi di nuovo davanti al vecchio. «Che pratichi la magia? Che sei uno stregone?»

La bocca del vecchio era serrata in una linea stretta, come se si fosse imposto di non parlare. Alla fine, tuttavia, ammise.

«Quello è il nome che usano, sì.»

«Ma se i loro racconti sono veri, allora devi aver vissuto molti decenni, secoli forse.»

«Forse.»

«E dicono che hai vissuto così a lungo prendendo le vite di giovani uomini, usandone il corpo e il sangue per sostenerti.»

Il vecchio tessitore appoggiò la mano sul bastone da passeggio e sospirò.

«A quanto pare, sanno molte cose sul comportamento degli stregoni.»

«Ma com'è possibile che sia tutto vero? Non ha alcun senso. L'uomo meraviglioso che ho incontrato ieri sera non è un essere malvagio o infido. È un essere bellissimo, capace di far cantare il cuore di un uomo.»

Il vecchio lo guardò con occhi pieni di dolore.

«Dovete andare via. Lasciatemi stare.»

Si raddrizzò tirandosi su dallo sgabello e si voltò verso casa.

«No,» implorò Malcolm. «Prima devi dirmi se è vero.»

Il vecchio scosse la testa.

«Dovrete stabilirlo da solo,» mormorò.

Malcolm lo afferrò per il braccio e lo fermò. La sua presa era forte e, per un attimo, si rese conto della reale fragilità del vecchio. Sembrava che potesse rompersi in mille pezzi con un solo movimento. Con delicatezza lo girò per guardarlo in faccia.

«Dimmelo,» supplicò di nuovo.

«Volete sentire di cuori strappati dal petto?» gracchiò il vecchio. «Di corpi messi a nudo, e giovani anime gettate via? È questo che volete sapere? Se volete distruggermi, signore, potete farlo, e anche facilmente. Ma risparmiatemi la vergogna di dovervi raccontare tutto.»

Malcolm sentì una stretta al petto e delle lacrime che minacciavano di sgorgargli dagli occhi.

«Ma perché, se sei così potente da cambiare forma alla luce della luna del raccolto, usi i tuoi poteri in modo tanto malvagio?»

Il vecchio distolse lo sguardo per sfuggire all'angoscia di quelle domande.

«Lasciatemi stare, vi ho detto.»

«È forse solo vanità?» sbottò Malcolm. «Il desiderio di vivere per sempre, d'essere immortale?»

«Vivere per sempre?» ribatté il vecchio. Fece una risata breve e secca, piena di amarezza. «Perché mai dovrei desiderare di vivere in questo modo?» Liberò il braccio dalla presa di Malcolm. «Spezzato, mezzo zoppo, un guscio di persona. Sono a malapena vivo quando respiro. E voi mi parlate di vivere per sempre?»

«Perché mai allora? Devi spiegarmi il motivo. Non riesco a riconciliare l'idea di atti così efferati con la tenerezza e l'angoscia che ho trovato qui soltanto ieri sera,» disse Malcolm. Alzò la testa e sentì un groppo stringergli la gola, improvvisamente sopraffatto dalla verità che non aveva osato riconoscere. «E perché mai, devo saperlo, se è tutto vero, io sono stato risparmiato?»

La sua voce era roca e chiaramente il vecchio si commosse nel sentirla. Abbassò gli occhi, restando pensieroso per un momento.

«Ho bisogno di sedermi,» disse ed entrò nel cottage. «Seguimi.»

Malcolm trovò la piccola casa identica a come l'aveva lasciata. Anzi, di giorno sembrava addirittura più accogliente. Il fuoco non ardeva più nel camino e la luce del sole filtrava attraverso le grandi finestre, soffondendo l'ambiente di una luce calda. La stoffa che pendeva dal telaio, che di notte era apparsa simile alle fiamme dell'inferno, adesso, alla luce del giorno, era fresca e morbida, come le acque rilassanti di un fiume fresco.

Il vecchio si sedette su una delle sedie vicino al tavolo e fece un cenno verso l'altra. Malcolm lo accontentò e si sedette di fronte a lui. Il tessitore rimase in silenzio per qualche tempo, fissando la pietra del focolare ormai freddo. I suoi occhi si annebbiarono e quando finalmente cominciò a parlare, la sua voce aveva perso ogni traccia degli scricchiolii e dei gemiti della vecchiaia e risuonava bassa e determinata.

«Thomas era l'uomo più meraviglioso che avessi mai visto quando arrivò nel nostro villaggio con la sua famiglia. Malgrado i suoi parenti fossero socievoli, lui se ne stava sempre per conto suo e non aveva molti amici. Tranne me. Ci prendemmo subito in simpatia e sviluppammo una tale passione per la compagnia reciproca che non c'importava di null'altro. Poi una notte, mentre eravamo sdraiati accanto al fuoco del mio focolare, mi confessò i suoi poteri. E sapeva, mi assicurò, che anch'io li possedevo. Ed era così, li possedevo proprio come i miei genitori prima di me, ma avevo fatto tutto il possibile per tenerli nascosti. Ero riuscito a salvarmi per un pelo quando i miei genitori erano stati uccisi e avevo vagabondato per mesi e mesi fino a trovare un posto dove non fossi conosciuto e dove avrei potuto stabilirmi come tessitore. Non era un'esistenza che volevo abbandonare così facilmente.

«Il mio cuore si raggelò per la paura e gli diedi del bugiardo. Thomas, però, rise di me e mi portò nel bosco, lontano dal villaggio, dove mi mostrò le sue vere capacità. Da quella notte, illuminati dalla luce azzurra della luna, diventammo inseparabili.

Divenne mio apprendista nella tessitura, o almeno così diceva a chiunque glielo chiedesse, e cominciammo a vivere insieme nel mio cottage. In quel clima di gioia, il mio talento cominciò a fiorire e la mia reputazione crebbe ovunque. Ogni villaggio in cerca di buona stoffa veniva a chiedere di me. Ma la zia di Thomas, con cui lui aveva vissuto in precedenza, divenne invidiosa della nostra prosperità. Sibilò parole cattive su noi due che vivevamo come marito e moglie e cominciò a diffondere ogni sorta di pettegolezzi e calunnie. Infine, grazie alla storia di un predicatore in visita al villaggio, che aveva raccontato di una famiglia di tessitori condannata all'impiccagione per aver praticato le arti oscure in una contea vicina, la zia ci lanciò l'accusa di stregoneria. Non ho mai saputo se avesse qualche indizio sui reali poteri di Thomas, e se li condividesse lei stessa, e, alla fine, non ebbe alcuna importanza. La maniera in cui vivevamo, così in armonia e palesemente innamorati, fu sufficiente a far nascere sospetti e disprezzo nelle menti di coloro che ci circondavano, anche di quelli che ci chiamavano amici. Dopo pochi giorni dalle sue parole velenose, l'intero villaggio venne a darci la caccia, mandandoci via dalla nostra casa e spingendoci dentro la foresta come lepri selvatiche destinate al coltello del macellaio.

«La notte della luna del raccolto, così piena e luminosa nel cielo, mentre fuggivamo dal nostro nascondiglio che era appena stato scoperto, venimmo separati. Quando gli abitanti del villaggio irruppero nella foresta, con il cielo notturno quasi luminoso come il giorno, continuammo a correre e correre. Riuscirono, tuttavia, a trovare Thomas e io mi nascosi nell'ombra mentre lo acciuffavano. Durante l'ordalia, restai a osservare la scena da lontano, con i polmoni che stavano per scoppiarmi in gemiti di terrore a cui non riuscivo a dare sfogo. Non potevo fare nulla, non feci nulla. *Divenni* un'ombra fra le ombre. Quando gli legarono la corda intorno alla vita e lo gettarono nel fiume impetuoso, rimasi muto. Un codardo congelato nella boscaglia.»

S'interruppe e tacque. Chiuse gli occhi e abbassò la testa. Malcolm sentì delle calde lacrime pungergli gli occhi. Avrebbe voluto gettare le braccia intorno al vecchio per confortarlo. Prima che potesse farlo, però, l'uomo riprese a parlare, con gli occhi ancora chiusi.

«Posero il suo corpo senza vita su una grande pietra lungo la riva del fiume. Aveva superato l'ordalia con la sua morte, e avevano stabilito che ero io il vero stregone. Come un branco di cinghiali, grugnirono e ripartirono, costringendomi a scappare e nascondermi per tutta la notte. Infine, all'alba, proprio quando il sole si affacciava all'orizzonte, rientrarono al villaggio per riposare. Tornai di soppiatto al fiume, ma trovai la pietra vuota. L'unica cosa che restava era l'anello d'argento con un albero di sorbo intagliato nella fascia che non era mai stato tolto dalla mano di Thomas. Capii così che non era morto, che in qualche modo era riuscito a fuggire. Presi l'anello e in silenzio, mi ripromisi di trovarlo. Di continuare a cercarlo finché non ci fossimo riuniti.»

Il vecchio sollevò la testa e frugò nella tunica, tirando fuori l'anello che Malcolm aveva notato la sera prima.

«In tutti questi anni,» continuò, «ho vissuto per ritrovarlo. Usare i miei poteri per prendere il corpo e il sangue di giovani uomini mi ha permesso di vivere un altro anno e un altro ancora, di andare alla sua ricerca, di viaggiare per la campagna, per potermi riunire un giorno con lui, con il mio Thomas. Ma ora sono così stanco, così vecchio ed esausto, che viaggiare è un peso. Ma non posso abbandonare la speranza.»

Malcolm sentì le lacrime scendergli lungo le guance.

«Ma dopo tutto questo tempo,» disse Malcolm, «come potrebbe essere ancora vivo?»

«Eppure io lo sono,» ribatté fieramente il vecchio.

«Ma a quale costo?» lo incalzò Malcolm. «Potrebbe non essere sopravvissuto e forse solo il suo anello è rimasto. Hai dedicato la tua vita a trovarlo, ma la campagna non è poi così vasta. Non posso immaginare che, avendo conosciuto l'amore di Daniel, non lo avrebbe cercato con la stessa determinazione con cui lo hai cercato tu.»

«Dunque ho vissuto per niente», gracchiò il tessitore. «Per niente.»

La luce abbandonò gli occhi del vecchio che lasciò cadere l'anello. Gli atterrò dolcemente sul petto e l'uomo si accasciò sulla sedia.

Malcolm avanzò e gli si inginocchiò davanti. Prese le mani dell'uomo tra le sue.

«Non devi disperare,» gli disse, ma non ottenne alcuna risposta.

Malcolm si avvicinò e gli sollevò il mento, ma l'uomo evitò d'incontrare i suoi occhi.

«Daniel,» disse Malcolm dolcemente. «Oh, Daniel. Non lasciarmi così presto.»

Il tessitore lo guardò, con gli occhi inondati di lacrime.

«L'amore, dolce Malky,» disse, con voce simile a un sussurro. «È l'amore tutto ciò che ho sempre cercato.»

«E forse lo hai già trovato.»

Malcolm si chinò in avanti e spinse le labbra contro quelle di Daniel. Dopo un'iniziale resistenza, l'uomo cedette. Malcolm chiuse gli occhi e lo baciò profondamente, sentendo il calore della sua lingua contro quella dell'altro, facendo scivolare delicatamente la mano intorno al collo dell'uomo per accarezzargli la nuca. Si perse nel calore della loro passione condivisa.

Quando si ritrasse, non poteva credere ai suoi occhi.

Davanti a lui, sulla sedia, c'era Daniel. Non più il vecchio tessitore, di cui aveva appena baciato le labbra, ma Daniel come lo aveva conosciuto la sera prima. Il corpo giovane e forte, i capelli fulvi pieni e splendenti, il viso privo di rughe e segni, tranne quelli delle lacrime che gli scorrevano lungo le guance.

«Oh, Daniel,» esclamò Malcolm, sollevando le mani dell'uomo verso la bocca e baciandole.

Quando Daniel se ne accorse, ritirò le mani e le studiò. Sconcertato, i suoi occhi cercarono quelli di Malcolm.

«Sono forse...?» balbettò. «Potrebbe essere?»

«Sì,» esclamò Malcolm, con le lacrime che scorrevano tra le risate. «Sei di nuovo giovane.»

Daniel si portò le mani al viso e le mosse, toccandosi la pelle, le labbra, passandosi le dita tra i capelli. I suoi occhi, più luminosi che mai, brillavano di gioia.

«C'era una ragione per cui mi hai risparmiato,» disse Malcolm. «Non potevi sacrificarmi per ottenere un altro anno di vita. E hai abbandonato la ricerca di Thomas.»

L'espressione di Daniel era un misto di gioia e dolore.

«Non riuscivo a dirlo,» ansimò. «Non potevo ammetterlo a me stesso. Non pensavo che potesse essere vero.»

«Oh, cielo, Daniel, ma è vero. Hai trovato l'amore. E adesso, la maledizione è stata spezzata.»

«Ma com'è possibile?» chiese Daniel. «Come puoi amarmi, dopo tutte le cose che ti ho detto, dopo le cose orribili che ho fatto?»

«Forse non dovrei,» ammise Malcolm. «Eppure ti amo. Forse perché questo mondo è un luogo crudele. Tutto ciò che cercavi era l'amore, e a ogni passo te lo hanno strappato, portato via, distrutto. Ciononostante hai trovato il modo di continuare a vivere, per poterlo ritrovare in qualche modo, in qualche maniera. Forse non è bella, ma è la vita, e ora a te, a noi, è stata concessa un'altra possibilità.»

«E se tornassero a cercarmi?» chiese Daniel senza fiato. «Per distruggerci ancora una volta?»

«Nessuno distruggerà mai più te o il nostro amore. Ci penserò io,» dichiarò Malcolm.

Mise le mani sul viso del suo amato ragazzo dai capelli fulvi e fece combaciare le loro labbra, baciandolo e sognando già i giorni da vivere insieme.

Per molti anni a venire furono felici a Farrington Hall.

Daniel aveva abbandonato la tessitura, poiché gli ricordava troppo da vicino i molti anni trascorsi nella lotta per far continuare la propria vita. Alla fine, tornò a dedicarsi alle arti curative che sua madre gli aveva insegnato e divenne noto in tutta la contea per la sua capacità di curare i malati e di fare l'ostetrico come nessuna donna prima.

E sebbene non parlassero del passato, Malcolm non dimenticò mai quella prima fatidica notte nel cottage del tessitore, il cui focolare brillava come un faro, una guida verso un luogo nuovo e sconosciuto.

Non videro mai più il villaggio pur facendo spesso lo stesso viaggio per visitare la tenuta della prozia di Malcolm. E lo stesso accadde anche in seguito, quando fu costruita la ferrovia e la sorella di Malcolm ereditò la tenuta e i loro numerosi viaggi furono invece fatti per andare a trovarla. Anche quando venne aggiunta una stazione a non più di due miglia da dove doveva sorgere il villaggio, né

Malcolm né Daniel ne videro traccia. Nonostante le occasionali richieste fatte da Malcolm, il bigliettaio, il controllore, la donna del posto che vendeva fiori sulla banchina, e nessun altro avevano mai sentito parlare di un villaggio in quella foresta con gli alberi ricurvi come grandi colonne. Daniel non parlò mai di quel luogo, né del suo passato, e Malcolm non gli chiese mai di farlo. Solo quando la sfumatura grigia dell'età cominciò ad affiorare sulle tempie fulve di Daniel, Malcolm si rese conto che non gli aveva mai chiesto il nome di quel luogo apparentemente scomparso. Era quasi come se la vita di Daniel fosse iniziata il giorno in cui Malcolm lo aveva fatto salire in groppa a Grannus, fuori dalla casa del tessitore, e insieme avevano seguito il sentiero che portava fuori dalla foresta senza mai voltarsi indietro.

A volte, mentre il grande treno a vapore sferragliava sui binari, Malcolm sorprendeva Daniel a guardare fuori dal finestrino. I suoi occhi si fissavano sulla terra dove un tempo era sorto il villaggio e Malcolm notava la sua espressione malinconica. Ma Daniel poi si rivolgeva a lui e gli sorrideva in modo radioso e tutta la malinconia pareva dissiparsi.

Malcolm prendeva la mano di Daniel nella sua e la stringeva.

E se non c'era nessuno nelle vicinanze, osava sollevare quella stessa mano per benedirla con un bacio.

∞

# Nota dell'autore

Grazie mille per aver letto questo racconto! Se avete il tempo di condividere i vostri pensieri lasciando una recensione su questo o su un altro lavoro di Joshua Ian, l'autore ve ne sarebbe infinitamente grato. Le recensioni aiutano a guadagnare visibilità, una cosa importantissima per uno scrittore indipendente. Potete lasciare le vostre idee su Goodreads, Amazon oppure su qualsiasi piattaforma preferite per acquistare libri o discuterne.

Visitate Joshua a: <u>moodyboxfan.com</u>

# Nota biografica

**Joshua Ian** può essere facilmente catturato da una frase spiritosa o da una linea di basso elettronica. Se riuscite a combinare le due cose, avrete il suo cuore per sempre. Vive a New York ed è un appassionato di cinema e un autoproclamato esperto di cioccolato fondente. Quando non fissa uno schermo vuoto e non maledice l'inutilità della vita, lo si può trovare a guardare programmi di gialli, a sognare a occhi aperti la sua futura collezione di caftani o a setacciare i venditori di libri usati per accumulare più romanzi e misteri d'epoca di quanti i suoi scaffali siano in grado di contenere. Un giorno progetta di viaggiare per il mondo, per vedere cosa offre ogni

Paese in termini di libri usati, cinema e cioccolato fondente, naturalmente.

Website
moodyboxfan.com
Goodreads
https://www.goodreads.com/joshuaian
Facebook
https://www.facebook.com/joshuaianauthor
Twitter
https://twitter.com/joshuaianauthor
Instagram
https://www.instagram.com/moodyboxfan/
Bookbub
https://www.bookbub.com/authors/joshua-ian

Email: joshuaianauthor@gmail.com

# Altri libri di Joshua I an

E DIZIONI ITALIANE

E a toccarti gli alti steli: un racconto storico

## LA SERIE *ARCANI INCANTESIMI*

La luna del raccolto (Volume Primo)
Il fantasma di Hillcomb Hall (Volume Secondo)
*Il terzo volume sarà pubblicato nel 2023.*

*Tutti i progetti attuali e futuri sono consultabili su mo odyboxfan.com*

A LTRI LIBRI IN INGLESE

## The Darkly Enchanted Romance Series

The Harvest Moon
The Ghost of Hillcomb Hall
Manchester Lake
The Darkly Enchanted Omnibus: Gothic Romance Collection, Vol 1

## Short Stories

All Tall Flowers: A Short Story [English Edition]
Gingerbread: A Dark Fiction Short Story
the 1 train: Glimpses of New York City

## The Departments of Love Series
*(Romanzi storici ambientati in un grande magazzino nella Londra edoardiana)*

**Catering to Love (Book One)**
**Fitted to Love (Book Two) [2023]**
**Stages of Love (Book Three) [2023]**

# Copyright

Pubblicato da Moody Boxfan Books
ISBN: 978-1-962263-02-3 (ebook, edizione italiana)

ISBN: 978-1-962263-03-0 (copertina flessibile, edizione italiana)

Traduzione: Cristina Massaccesi
  Editing: Marina Alessandro
  @MarinaAlessan11

Immagine di copertina: Dar Albert, Wicked Smart Designs
  https://www.wickedsmartdesigns.com/